여름 공식 이벤트가 얼마 남지 않았다.

최근에 같이 파티를 맺어준 사람들과 이벤트에 참가하게 되었다.

그게 너무 기뻐서 이벤트가 시작되기 전부터

어쩔 줄 모르며 VR 기어를 만지작거리고 있다.

"……어떤 이벤트일지 기대되네."

내 방에서 살짝 웃고 나니 그 직후에 밀려드는 것은 공포.

"……윽, 그래도 이벤트는 좀 겁나는데."

마음에 드는 쿠션에 혼자서 얼굴을 파묻자

그런 겁쟁이 같은 목소리가 새어 나와버렸다.

말재주가 없고, 낯을 많이 가리고, 사람들이 많은 곳도 싫어하는 내가

공식 이벤트에 참가하면 다른 사람들의 발목을 잡을지도 모른다……

예전의 나였다면 다른 사람에게 폐를 끼칠 거라 생각하고 참가하지 못했을 것이다.

하지만 뮤우 씨나 다른 파티원들과 만난 뒤로는

하고 싶은 일에 온 힘을 다할 수 있게 되었다.

뮤우 씨와 다른 파티원들이 나를 끌어준다. 그게 정말 기쁘다.

그런 나는 엎드려 있던 몸을 일으킨 뒤 로그인할 준비를 했다.

"……괜찮아. 분명 모두 함께 이벤트를 즐길 수 있을 거야."

나는 그렇게 말한 다음 CR 기어를 머리에 장착하고 침대에 누운 뒤

깊게 가라앉는 듯한 감각과 함께 OSO 세계로 로그인했다——

Only Sense Online 2

백 흔의 여 외전 신 2

온리 센스 온라인

온리 센스 온라인 외전
백은의 여신
2

아로하자초 지음 ┃ **유키상** 일러스트 ┃ **천선필** 옮김

SNOVEL

커버 그림, 본문 일러스트 | **유키상**

백은의 여신 외전 2

Only Sense Online 온리 센스 온라인

토우토비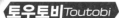

뮤우 일행과 던전에서 만나게 되는 부끄러움 많은 여자애. [은밀] 센스 등을 구사하는 어새신 스타일의 솔로 플레이어였지만, 동료와 파티를 짜면서 척후 역할로서의 재능이 개화한다.

리레이

참가하는 파티마다 족족 문제를 일으키는 마법직 언니. 한편 마법 센스의 숙련도는 대단해서 일격의 위력으로 승부하는 화속성 마법에 능하다.

코하쿠 Kohaku

리레이와 콤비를 짜는 일본식 옷차림의 마법사. 항상 리레이의 행동에 고민하지만, 그녀와의 연대는 발군이며 방어 마법 등도 특기다.

Myu's Party Players

뮤우 myu

베타판에서는 [백은의 성기사]라고 불리며 전설이 된 공략 플레이어. 이 작품의 주인공. 한 손 검과 빛 마법을 조합한 독자적인 〈마법검사〉 스타일로 최강을 목표로 한다.

히노 Hino

베타 시절부터 뮤우와 파티를 짠 기운 넘치는 플레이어. 작은 체격으로 창이나 망치 등의 중량급 무기를 이용하여 싸우는 어태커.

루카토 Lucato

정식판이 오픈하고 얼마 뒤에 뮤우와 만난 초심자 플레이어. 뮤우와 모험을 하면서 〈사령탑〉으로서의 재능을 닦아간다. 검과 방패를 사용하는 정통파 검사.

6화   새끼 동물과 만복도

여름방학이 후반에 접어드는 와중에 실시된 OSO의 업데이트와 이벤트 공지. OSO의 첫 번째 공식 이벤트는 시작되기 직전까지 정보가 거의 나오지 않은 채 당일을 맞이했다.

"장비, 됐고! 아이템, 됐고! 준비는 완벽해!"

이벤트 개시 직전까지 몇 번이나 장비를 확인했다. 나는 허리에 차고 있는 칼집에 꽂혀 있는 한 손 검과 온몸의 중요한 부분을 지켜주는 백은색 경갑옷을 걸친 채 파티 멤버들과 함께 이벤트 참가자들이 모이는 광장에 있었다.

"기대되지! 가져갈 수 있는 아이템에 제한도 있고! 짧은 시간 안에 레벨을 올릴 수도 있고! 어떤 이벤트일까?"

"기대되긴 하지만요, 뮤우 양. 좀 진정하세요."

바탕색이 붉은색인 옷과 갑옷차림인 루카가 자신의 장비를 확인하면서 나를 나무랐지만, 그래도 두근거리는 느낌이 사그라들지 않았다.

"뮤우는 정말 여전하네. 나하고 토비를 보라고. 조용히 시작될 때를 기다리고 있잖아."

"…………."

작은 몸집이면서도 가슴을 펴고 있는 히노와 그 옆에 말없이 서 있는 토비를 보았는데, 토비의 상태가 좀 이상한 것 같았다.

"토비? 왜 그래?"

내 시선을 보고 히노도 나와 마찬가지로 토비의 상태가 이상하다는 것을 눈치채고는 토비의 눈앞에서 손을 흔들어 보았지만 반응이 없었다. 토비의 얼굴을 들여다보니 그녀는 입술만 살짝 움직이고 있었다.

(……괜찮아요. 괜찮아요. 무섭지 않아요. 괜찮아요, 괜찮아요.)

"토비, 무서워?! 그렇게 긴장하지 않아도 되는데~."

"그래요. 괜찮으니 그렇게 긴장하지 마세요."

"……으윽, 익숙하지 않거든요. 이벤트나 사람이 잔뜩 모이는 건."

당장에라도 울음을 터뜨릴 것 같은 표정으로 고개를 든 토비가 루카의 손을 잡으며 떨리는 목소리로 그렇게 대답했다.

"후후후, 울상을 지으며 떨고 있는 토우토비의 모습. 하루가 시작되자마자 좋은 걸 봤네요. 오늘은 운이 좋을 것 같아요."

"뭔 소리여? 내는 앞날이 불안해서 머리가 아픈디."

토비가 불안해하는 모습을 보고 황홀한 표정을 짓고 있던 마법사 리레이에게 깊은 한숨을 내쉬며 이마를 짚고 있는 코하쿠.

나는 그렇게 여섯 명이 파티를 짜고 참가하게 된 첫 번째 공식 이벤트가 시작되는 것을 목이 빠지게 기다리다가 사람들 중에서 낯익은 사람을 발견하고 손을 크게 흔들었다.

"타쿠 씨다! 안녕하세요!"

"정말이네! 그리고 간츠 씨도 있어!"

상대방도 나를 알아보았는지 다른 플레이어와 하던 인사를 중간에 끊고 이쪽으로 다가왔다.

"여, 뮤우. 요즘 어때?"

"이날을 위해 레벨을 열심히 올렸어요!"

내가 주먹을 살짝 쥐어보이자 타쿠 씨는 그러냐며 고개를 끄덕였다.

히노에게도 인사를 한 타쿠 씨와 간츠 씨가 우리 뒤에 있던 루카 일행을 보았다.

"뮤우, 그쪽 애들에게도 소개해줄래?"

"네! 검사인 루카하고 척후인 토비, 마법사인 코하쿠하고 리레이예요! 다들 지금 제 파티 멤버죠!"

내가 모두를 타쿠 씨에게 간단히 소개하자, 루카가 조심조심 물었다.

"저기, 뮤우 양. 이쪽 분은 누구시죠?"

"루카하고 다른 사람들에게는 설명하지 않았었지? 현실에서 소꿉친구고 OSO 베타 버전에서 같이 파티를 짰었던 타쿠 씨, 그리고 마찬가지로 파티 멤버였던 간츠 씨야."

"정확히 말하자면 뮤우, 그리고 뮤우의 언니인 세이 씨, 타쿠, 이렇게 세 명 파티에 내가 시간이 날 때 가끔 낀 것뿐이지만 말이지."

"참고로 나도 그때 파티 멤버 중 한 사람이었어. 그 인연으로 이 정식 버전에서도 뮤우와 파티를 맺고 있는 거야."

간츠 씨와 히노가 내 설명을 보충해주자 루카 일행은 납득한 것 같았다.

"그럼 다시 자기소개를 하지. 나는 타쿠. 일단은 검사고. 그리고 이쪽에 있는 녀석이──."

"나는 간츠! 주먹을 쓰는 격투가고 타쿠의 파티 멤버야. 잘 부탁해!"

침착하게 자기소개를 하는 타쿠 씨와 엄지손가락을 치켜들고 자기소개를 하는 간츠 씨. 간츠 씨의 기세에 눌려서 그런지 루카는 쓴웃음을 지었고, 토비와 코하쿠는 질린 모양이었다. 리레이는 관심이 없는 것 같았다.

"그런데 타쿠 씨는 파티 사람들하고 같이 있는 거 아니었나요?"

"아, 지금은 다들 각자 아는 사람들하고 인사를 하고 있어. 그렇지, 새로 업데이트 된 [만복도] 시스템에 대해 경고해두지."

타쿠 씨가 말한 [만복도] 시스템이란 1주일 전에 실시된 업데이트 때 지금까지 수요가 적었던 요리 아이템에 가치를 부여하기 위해 도입된 시스템이다.

요리나 식재료 아이템 등을 먹음으로써 만복도 감소에 의한 스테이터스 저하를 막는 것과 동시에 질이 좋은 요리 아이템을 먹으면 스테이터스에 보정도 걸린다.

그쪽 대책은 확실히 해두었다.

"괜찮아요! 가져갈 수 있는 아이템 100개 중 10개를 윤 언니의 샌드위치로 채워두었으니까!"

후후, 나는 그렇게 자신만만하게 타쿠 씨에게 말했다. 그 특제 샌드위치는 이번 업데이트에 맞춰 [요리] 센스를 취득한 윤 오빠의 가게, [아트리엘]에서 조달했으니 문제없다. 물론 사전에 맛을 보고 맛있다는 것도 확인했다.

"그럼 괜찮겠구나."

그렇게 말하며 혼자 쓴웃음을 지은 타쿠 씨는 입을 다물고는 우리 파티를 흥미진진한 눈초리로 바라보았다.

"……저기, 왜 그러시죠?"

그 시선이 신경 쓰인 토비가 타쿠 씨에게 묻자, 타쿠 씨는 한 손을 들어 미안하다고 사과하면서 자상한 눈초리로 모두를 바라보았다.

"좀 전에 멀리서 보고 있었는데, 뮤우가 즐거워 보이길래 좋은 파티를 만났다 싶었거든."

"응! 제 자랑스러운 파티 멤버니까요!"

엣헴, 내가 그렇게 말하며 가슴을 펴자, 타쿠 씨는 쓴웃음을 지으며 맞장구를 쳐주었다. 그런데 뻔뻔하게도 여자애들을 빤히 바라보았으니 약간 복수하는 의미를 담아서 놀려주기로 했다.

"타쿠 씨도 얼른 윤 언니를 확 붙잡지 않으면 놓쳐버릴 걸요? 계속 마지막 한 자리가 비어 있잖아요."

"뮤우는 참 엄하구나. 일단 윤을 끌어들이려고 하긴 했는데, 그 녀석은 생산직끼리 파티를 짜는 모양이라 이번에는 그냥 넘어가려고."

그리고 말이지, 그렇게 말하는 타쿠 씨.

"윤 녀석은 우리 행동 페이스가 너무 빨라서 힘드니까 싫대. 계속하다 보면 익숙해질 텐데 말이지, 정말."

타쿠 씨의 말을 들어보니 윤 오빠는 그럴 것 같다는 생각이 들어서 살짝 웃음이 나왔다.

"정말 윤 언니답네. 뭐, 느긋하게 마이 페이스로 가는 것이 윤 언니의 장점이지만."

"자, 나는 슬슬 간츠하고 같이 파티 멤버들이 있는 곳으로 돌아갈게."

"너희들도 이벤트 열심히 해."

이벤트 개시 시간이 다가오자 타쿠 씨와 간츠 씨는 우리에게 작별 인사를 했다.

분위기를 보아하니 우리 파티 멤버들의 타쿠 씨 일행에 대한 인상은 나쁘지 않은 것 같다. 그중 한 사람, 루카가 말했다.

"왠지 뮤우와 타쿠 씨는 남매 같은 느낌이네요."

"음~. 타쿠 씨는 윤 언니랑 동갑인 소꿉친구라서 예전부터 자주 셋이서 게임을 하고 놀았으니까."

나는 옛날 일을 떠올리는 듯이 턱에 손가락을 댔다.

나와 타쿠 씨가 게임을 하고 있으면 세이 언니가 끼었고, 마지막으로 윤 오빠도 투덜거리며 끼었다. 하긴, 타쿠 씨는 다른 누구보다 내 오빠 같은 느낌일지도 모르겠다.

내가 그런 생각을 하고 있자니 광장에 이벤트가 시작된다는 안내방송이 울렸다.

『그럼 이곳에 계신 여러분들께서는 지금부터 특별 서버로 전송될 것입니다. 자세한 설명은 전이된 뒤에 해드리겠습니다. 약간 충격을 받으시겠지만 몸에 별다른 영향은 없을 것입니다. 10, 9……』

"드디어 시작되네."

카운트다운이 시작되었고, 모인 플레이어들이 긴장하고 있다는 것을 알 수 있었다. 다들 카운트다운에 맞춰 큰 소리를 지르는 와중에 나는 적당한 긴장감을 유지하며 때를 기다렸다.

『──2, 1, 0.』

그렇게 OSO의 첫 번째 공식 이벤트의 막이 올라갔다.

●

전이에 의해 시야가 일그러졌고, 발치가 불안정하다는 느낌이 들었다. 놀이동산에서 탔던 롤러코스터보다는 덜했고, 전이한 직후에 모두의 상태를 확인해보았는데 의외로 아무렇지도 않은 모양이다.

"위험한디. 균형을 잃고 넘어질 뻔했어야."

"후후후, 넘어져서 팬티를 보여주려는 건가요? 코하쿠는 섹시함이 부족하니까 그러지 마세요."

"리레이, 누가 섹시함과 귀여움이 없다고!"

그렇게까지 말한 사람은 아무도 없어! 내가 마음속으로 그렇게 태클을 걸고 있자니 운영 쪽 이벤트 설명 담당을 맡은 [OSO] 개발부 부장인 요시노 카즈히토 씨의 영상이 전이된 곳인 숲 상공에 투영되었다.

내용을 요약하자면 현실 세계의 80배로 늘어난 OSO 내부 시간으로 1주일 동안 서바이벌 캠프를 한다는 것이었다.

여러 가지 아이템이나 희귀한 새끼 동물 MOB이 나와서 동료로 삼을 수도 있다는데, 일단 지금은 제쳐두자.

이야기를 다 들은 우리는 바로 의욕을 보이며 이야기를 나누기 시작했다.

"좋았어~! 살아남자! 캠프 이벤트!"

"1주일간의 서바이벌을 즐기자!"

"의욕을 보이는 건 좋은데요, 잘 곳도 없는데…… 어떻게 할까요."

씩씩하게 소리치는 나와 히노를 보고 쓴웃음을 지으며 냉정하게 생각하는 루카.

"이런이런, 뮤우하고 히노는 애구먼."

"후후후, 그렇게 말하면서도 기대하고 있죠? 코하쿠도."

"그럴 리가 있당가? 일단 제일 먼저 할 것은 잘 곳하고 식량을 조달하는 거제."

"찬성~! 얼른 가자!"

우리는 걸어가면서 서로 의견을 주고받으며 바로 세이프티 에리어에서 이동하기 시작했다.

세이프티 에리어를 중심으로 시계방향으로 이동하면서 이벤트용 부유대륙 지도의 정보를 갱신하고, 아이템 채집 포인트를 찾아나갔다.

"아이템을 꽤 많이 얻었는데, 미감정 상태니까 자세한 건 알 수가 없네."

"그렇네요. 이것들이 어떤 아이템인지 알아야 효과적으로 쓸 수 있으니까요."

내가 [행동제한해제] 센스를 써서 나무줄기를 뛰어올라가 높은 곳에 있던 열매를 칼로 떨어뜨렸다. 아래로 떨어지는 열매를 잡아내는 루카 일행.

"음식인지 생산소재인지 모르겠지만, 간단히 아이템을 얻을 수 있으니 굶을 걱정을 할 필요는 없겠네."

"……그렇죠. 과일 같아 보이는 것도 있으니까요."

히노와 토비는 열매가 잔뜩 열려 있는 나무에서 딴 주먹 크기 만한 열매를 들고 냄새와 무게를 확인했다. 하지만 그런 행동만으로는 먹을 수 있는 것인지 알 수가 없어서 눈살을 찌푸리고 있었다.

"후후후, 최종수단인 '사나이 감정'밖에 없겠네요."

씨익 웃는 리레이를 보면서 기분 나쁜 표정을 짓는 코하쿠.

'사나이 감정'이란 센스를 사용하지 않는 감정 방법 중 하나로 한 번 사용한 아이템은 자동적으로 감정된다는 시스템

사양을 이용하여 미감정 상태에서도 사용해보는 것으로 그 아이템을 감정하는 방법이다.

예전에는 로그라이크 게임의 플레이어 스킬이었고, 당연히 운이 강하게 작용하는 행위라 최악의 케이스도 감안해야 한다.

"우리는 여자 파티 아니여? 그런 위험한 방법은 싫은디."

리레이와 코하쿠는 그렇게 말하면서 땅바닥에 나 있는 풀을 뚝뚝 끊어서 모으고 있었다.

그런 우리 앞을 작은 생물의 그림자가 가로질러 갔다.

"헉! 생물의 그림자! 저게 이벤트에 나온다는 새끼 동물인가?!"

"아니, 아니여. 그냥 큼직한 무당벌레여."

나뭇잎에 시야가 가려져 있었기에 급하게 뛰어내린 내가 본 것은 나무 사이를 날아다니는 대형 무당벌레였다.

붉은 등에 까만 별 모양이 있는 무당벌레가 이리저리 날아다니고 있었다.

비선공 이벤트 한정 유니크 MOB이라서 그런지 잠시 지켜보았지만, 우리를 공격하려는 낌새는 보이지 않았다.

"좋았어! 쓰러뜨리자! ──《솔 레이》!"

나는 시험 삼아 빛마법의 수렴광선으로 무당벌레 한 마리를 꿰뚫었다.

단숨에 몸이 빛의 입자로 변한 무당벌레를 보고 허무한 느낌이 들었다.

"엄청 약해!"

"뭐, 다양한 레벨대의 플레이어들이 참가했으니 세이프티 에리어 근처에 있는 적은 그 정도겠죠."

루카가 적의 입장을 대변하는 와중에도 차례차례 나타났기에 검을 살짝 휘둘러보니 마찬가지로 간단히 쓰러져버렸다.

히노도 나와 마찬가지로 창을 휘두르기만 했는데 무당벌레들이 지면으로 후두둑 쓰러져서 보물상자가 생겨났다.

"왠지 제1의 마을 근교에 있는 초식동물 수준이네."

"그래도 이벤트 아이템을 얻을 수 있으니께 괜찮은 거 아니여?"

무당벌레 십수 마리를 쓰러뜨린 우리들이 보물상자 안을 확인해보니──.

"아니, 무당벌레(텐토무시)의 드랍 아이템이 텐트여? 썰렁한 말장난인디!"

기대를 저버리지 않고 태클을 거는 코하쿠를 보고 모두가 쓴웃음을 지었다.

무당벌레가 드랍한 텐트는 등에 있는 별의 개수에 따라 다른 모양이었다. 별이 하나 있는 무당벌레는 1인용. 두 개는 2인용, 여섯 개는 파티용. 가장 많은 열 개짜리 텐트는 혼자서 세울 수 없을 정도로 컸다.

"파티용 텐트에서 모두가 자는 것도 즐거울 것 같긴 한데, 모두 함께 있으면 시끄러워질 것 같으니까 2,3인용 텐트를 여러 개 치는 게 낫겠지?"

큰 텐트는 세우기 힘들다는 이유도 있긴 하지만, 역시 조용히 숨을 돌릴 시간도 필요할 거라고 생각하여 내가 제안하자, 리레이가 손을 스윽 들었다.

 "후후후, 반드시 2인용 텐트를 세 개 확보해야 해요!"

 "그 이유는——."

 "코하쿠에게 방해를 받지 않고 여자들끼리 친목을 다질 수 있으니까요."

 리레이가 요염한 미소를 지으며 우리를 느끼한 시선으로 바라보자 루카와 토비가 몸을 떨었다.

 "그래! 재미있을 것 같네!"

 "뮤우 양?!"

 리레이와 텐트에서 단둘이 지내는 것을 상상한 루카가 소리를 질렀지만, 내 생각은 달랐다.

 "날마다 돌아가면서 같이 잘 사람을 정하면 사이가 더 좋아지겠지?"

 "뮤우는 파티 전체의 유대감도 중요하지만, 개개인의 유대감도 더 강하게 만들고 싶다는 거야?"

 "응! 그렇게 하면 최강의 파티가 무적의 파티로 변할 거야!"

 후후, 내 생각 어때? 그렇게 생각하며 모두를 보니, 하긴 그렇게 생각할 수도…… 그렇게 생각한 모두의 시선이 리레이에게 쏠렸다.

 "후후후, 여러분, 무슨 생각을 하시는 건가요? 저는 그저 귀여운 여자애와 일대일로 이야기를 나누면서 사이좋게 지내고 싶을 뿐이에요. 혹시 무슨 망측한 생각을 하셨나요?"

루카와 토비가 얼굴을 새빨갛게 물들이며 고개를 숙여버렸다. 그 모습을 보고 리레이는 귀엽다고 중얼거린 것과 동시에 상대방의 동의가 있다면 더 진도를 나갈 거라며 중얼거리고 있었다.

"나는 어린애라 무슨 소린지 모르겠네~."

"나도 아직 어려서 리레이가 무슨 소리를 하는 건지 모르겠어."

"둘 다 일부러 그러는 거 다 아니께 그만해야."

나와 히노가 같이 장난을 치고 있다가 둘 다 코하쿠가 뒤에서 날린 가벼운 촙을 맞았다.

"뭐, 텐트 분배는 나중에 생각하기로 하고 탐색을 좀 더 해보자고. 아직 약한 적만 나오는데, 다른 캠프 도구를 드랍할지도 모르는 유니크 MOB도 있을 것이니께 그걸 노리는 것도 좋것제."

그리고 남은 아이템은 이벤트가 끝난 뒤에 팔아서 돈을 벌어도 되고. 그렇게 정말 생각에 빈틈이 없는 코하쿠.

그 이후로 우리는 주위 지도를 더 채우기 위해 다시 탐색하기 시작했다.

중간에 토비의 [발견] 센스가 먼 곳에 있는 작은 동물의 기척을 찾아냈지만, 금방 도망쳐버렸다. 어떤 새끼 동물이었을까, 그런 생각을 하면서 숲속을 나아가던 와중에 히노가 모두에게 물었다.

"그러고 보니 말이야. 다들 이 이벤트에서 새끼 동물을 얻을 수 있다면 어떤 새끼 동물을 얻고 싶어?"

선두에서 걸어가던 나는 히노를 돌아보고 바로 대답했다.

"일단 하얀 동물! 백은의 성기사에게는 하얀색밖에 없지!"

순백의 페가수스나 하얀 드래곤 같은 게 있으면 멋질 텐데. 그렇게 생각하며 히죽거리는 나를 모두가 따스한 눈빛으로 지켜보았다.

"히노 양은 왜 지금 그런 이야기를 하는 거죠?"

너무 갑작스러웠기에 신기하게 생각한 루카가 되묻자 히노가 뒷통수를 긁으며 쑥스럽다는 듯이 이유를 가르쳐주었다.

"아니~, 나는 새끼 동물은 별로 흥미가 없어서. 다들 어떤가 싶었거든."

"그런가요? 그렇다면 납득이 되네요. 저는 말이죠── 매나 올빼미가 있었으면 좋겠네요."

"오오! 매 조련사 같은 걸 TV에서 본 적이 있어! 멋지지. 슈욱! 매를 날린 다음에 매가 돌아오면 팔에 척 앉는 거!"

키가 크고 등도 예쁘게 펴고 있는 루카의 팔에 매나 올빼미가 앉아 있는 모습을 상상해보니 분명 멋질 거라고 생각해서 열심히 칭찬하자, 루카가 쑥스러워했다.

"그럼 토비는?"

"……저는 햄스터 같은 작은 동물이 좋겠네요."

오오, 어른스러운 토비에게 어울릴 것 같다. 저 머플러 안에 햄스터가 숨어 있다가 가끔 고개를 쏙 내미는 모습이나 볼에 씨앗을 한가득 머금고 있는 모습을 보고 싶은데!

"루카토가 매 같은 멋진 계열, 토우토비가 작은 동물 쪽 귀여운 계열이여? 내는 여우나 코마이누처럼 신사에서 신의 사자로 모시는 동물을 후보로 보고 있는디. 이 복장은 그런 전통 계열을 의식해서 만들어달라고 했으니께."

코하쿠는 자신의 장비를 자랑하는 듯이 보이면서 파트너로 삼고 싶은 새끼 동물에 대해 말했다.

"다들 자신의 캐릭터까지 포함시켜서 새끼 동물에 대해 생각하는구나."

"뭐, 동료로 삼을 수만 있으믄 결과적으로는 어떤 거라도 상관 없제. 그냥 희망사항이여."

코하쿠도 그렇게 말하면서 쑥스러운 듯이 웃었다.

"후후후, 코하쿠에게는 너구리 같은 동물이 어울리지 않을까 하는데요. 시가라키 지방의 도자기에 들어가는 너구리도 전통 계열이니까요."

"리레이! 누가 얼간이 같은 느낌이라고?!"

"'''태클이 너무 많이 나갔어!'''"

나와 루카, 히노가 동시에 태클을 걸자 씨익 웃는 코하쿠.

"내가 개그를 치면 다들 잘 받아주니께 기쁜디. 뭐, 너구리는 내 이미지에 맞지는 않지만은 '너, 우리' 같은 느낌이라 어감도 좋제."

항상 태클을 걸던 코하쿠가 놀랍게도 태클을 유도하자 정작 태클을 건 우리들이 축 늘어져버렸다. 설마 노린 거였다니, 그렇게 약간 분한 마음이 들기도 했다.

"……너구리는 귀엽죠."

"토우토비, 고맙다."

"그리고 보니 리레이 씨가 원하는 새끼 동물 이야기를 못 들었네요."

"후후후, 저는 서큐버스예요."

""""뭐어?""""

한순간 무슨 말을 하는 거지? 그렇게 이해하지 못했던 우리에게 리레이가 추격타를 날리려는 듯이 말했다.

"여성형 MOB이에요. 처음에는 어린 소녀! 그리고 미소녀, 미녀, 이렇게 3단계의 성장과정을 거쳐 저를 즐겁게 해주는 거죠!"

"리레이. 새끼 동물은 동물이니께 인간형은 없잖여……."

"음~. 혹시나 성장하면 인간형으로 변하는 종류가 있을지도 모르죠."

서큐버스는 없지만 성장해서 인간형으로 변하는 새끼 동물이 있을지도 모르겠다. 나는 그렇게 생각하면서도 리레이가 자신의 캐릭터에 맞는지 여부가 아니라 완전히 욕망을 우선시하고 있다는 것을 이해하게 되었다.

●

"하앗! ──《델타 슬래시》!"

나는 눈앞에서 팔랑거리며 날아다니고 있는 사람 크기 정도에 날카로운 날붙이 같은 날개가 달린 흡혈 나비인 [버터플라이 나이프]라는 유니크 MOB에게 연속베기를 날렸다.

내 공격을 맞은 흡혈 나비는 근처 나무에 부딪혔고 빛의 입자로 변하며 사라진 곳에는 보물상자가 남았다.

"이것도 드랍 아이템이구나. 안을 확인해보자."

"잠깐만!"

내가 보물상자를 열려고 하자 코하쿠가 말렸다. 코하쿠는 이마에 손가락을 대고 끙끙대며 뭔가 생각하는 것 같았다. 토비가 함정 확인을 했으니 안전할 텐데.

그리고 잠시 후, 눈을 크게 뜬 코하쿠가 보물상자를 손가락으로 가리키며 소리쳤다.

"유니크 MOB이 [버터플라이 나이프]였으니께 드랍 아이템은 [식칼]이여!"

"자, 정답은—— 음, 아깝다! [조리기구 3종 세트]야!"

그렇게 말하며 꺼낸 것은 조리용 외날 나이프와 프라이팬, 그리고 뒤집개였다.

"버터플라이니께, 버터플라이 나이프에서 식칼을 연상했는디, 버터플라이의 프라이와 프라이팬을 연결시키다니. 그리고 뒤집개까지. 너무 뭉쳐서 넣은 거 아니여?"

보아하니 드랍 아이템이 유니크 MOB의 이름에 관련된 말장난이라는 것을 눈치챈 코하쿠가 드랍 아이템이 무엇인지 맞추려고 했던 모양이었다.

하지만 그 예상을 뛰어넘은 게임 운영 쪽의 네이밍 센스를 보고 코하쿠는 멍하니 서 있었다.

"후후후, 이벤트 한정 장난이라는 건가요?"

"오오! 이 아이템 대단한데! [요리] 센스가 없더라도 요리를 할 수 있는 아이템이야!"

히노가 보물상자 안에 있던 아이템의 자세한 정보를 확인하고 있었다.

원래 요리를 만들기 위해서는 센스가 필요하지만, 이 도구를 사용하면 최소한의 요리를 센스가 없는 상태로도 만들 수 있는 것이 [조리기구 3종 세트]의 효과인 모양이었다. 하지만 요리사가 아무리 실력을 쌓고 좋은 소재를 쓰더라도 센스의 스킬이나 보정이 없기 때문에 만복도를 회복할 수 있는 요리 아이템밖에 만들 수 없다.

"……여러분. 다음 적 MOB을 발견했어요."

"나이스! 토비."

전투에 참가하는 경우는 별로 없지만 그만큼 색적과 함정 찾기 등으로 바쁜 토비의 안내를 받고 새로운 적 MOB을 발견했다.

"저건── 기린?"

TV에서 본 몇 미터나 되는 기린과 비교하면 노란색과 검은색 무늬가 비슷하긴 하지만 꽤 많이 작은 모습과 길게 발달된 뿔. 그런 기린형 MOB이 느긋하게 긴 목을 뻗어 나뭇잎을 먹고 있었다.

"새끼 동물? 은 아닌 것 같네요. 역시 저것도 이벤트용 유니크 MOB일까요?"

조금씩 다가가도 반응을 보이지 않는 비선공 중형 MOB.

그 기린형 MOB의 이름은── [파이프 지라프]였고, 그것을 본 코하쿠가 끙끙대기 시작했다.

"저건 어떤 아이템을 드랍하는 적이여? 생각해라, 지금까지 나온 경향을 통해 생각하라고!"

중얼거리고 있는 코하쿠를 보고 리레이가 재미있는 것을 발견했다는 듯이 눈을 가늘게 뜨고 있었다.

나는 어떤 아이템을 드랍하는 MOB인지 확인하기 위해 뛰어가기 시작했다.

나무줄기를 박차고 뛰어올라 파이프 지라프처럼 목이 긴 생물의 급소인 목을 노리고 검을 휘둘렀지만──.

"어?! 피했어!"

파이프 지라프는 내가 습격할 것을 알아채고 있었는지 긴 목을 숙이고 다리를 좌우로 벌려서 몸을 낮췄다. 처음 노린 곳이 높은 위치였기 때문에 나는 그대로 파이프 지라프 위쪽을 지나쳐서 착지했다.

"이벤트용 유니크 MOB이라 해도 역시 중형 사이즈네! 즐길 수 있겠어!"

"여러분! 위치에 서주세요! 그리고 결코 MOB의 뒤쪽으로 돌아가면 안 돼요!"

우리는 루카가 지시를 내린 것과 동시에 파이프 지라프와 대치했다.

전위는 정면에 루카가 서고 그 왼쪽에 나, 오른쪽에는 히노다.

후위는 코하쿠와 리레이가 나란히 서고 토비가 유격 포지션을 맡아 공격할 기회를 노렸다.

"이쪽에서 먼저 공격했는데 반격하지를 않네요."

"설마 저게 새끼 동물인 건 아니겠지……."

『부오오오오오──.』

그 생각이 내 머릿속을 스친 직후, 소 같은 울음소리와 함께 파이프 지라프가 머리의 뿔에서 전격을 뿜어내며 주위에 마구 날려댔다.

"위험하잖여──《윈드 실드》!"

"고마워! 코하쿠!"

전격은 이쪽에 닿을 것 같은 기세로 날아왔지만, 코하쿠가 그녀답게 재빠르게 움직여 전위를 지키는 바람마법의 바람벽을 세 장 만들어냈다.

"……갑니다."

전격의 빛을 이용하여 모습을 감추고 있던 토비는 MOB의 측면으로 다가가 몸 아래로 파고들며 몸통 아래에서 일격을 날렸다.

그 공격에 깜짝 놀란 파이프 지라프는 배 아래로 파고든 토비를 짓누르려고 긴 다리를 구부린 뒤 위에서 덮치려 했지만 토비는 이미 파이프 지라프의 몸 아래에서 빠져나온 뒤였고, 이번에는 나와 루카가 주저앉은 자세인 파이프 지라프에게 공격을 가했다.

"하앗──《피프스 브레이커》!"

"갑니다. 《쇼크 임팩트》!"

재빠른 칼놀림으로 날린 연속공격과 세차게 내려치는 듯이 강렬한 베기 공격을 맞은 파이프 지라프는 앞다리로 우리를 짓밟으려고 날뛴 직후 우리에게서 도망치려는 듯이 등을 돌리고 뛰어가기 시작했다.

"쫓아가자!"

"히노 양, 뒤에서 MOB에게 다가가면 안 돼요!"

아츠를 발동시킨 직후에 생긴 약간의 경직 때문에 움직이지 못하는 우리 대신 히노가 추격했다.

하지만 그것을 예상하고 있던 파이프 지라프가 뒷다리로 근처에 있던 나무 중간을 걷어차 쓰러뜨렸고, 그 나무가 히노 쪽으로 쓰러졌다.

"그런 공격으로 나를 막을 수는 없어! 하앗──《임팩트》!"

히노는 허리를 숙이며 큰 망치를 겨눈 다음, 뻗은 무릎과 회전시킨 허리, 원심력 등의 힘을 모두 합쳐서 있는 힘껏 휘둘렀다.

휘두른 큰 망치가 아츠의 발동에 의해 더욱 가속되어 쓰러진 나무를 뚫자 산산조각난 나무 파편이 주위로 튀었고 우리가 있던 쪽으로도 날아왔다.

"까악! 진짜, 히노!"

"이런…… 힘을 너무 세게 줘서 부숴버렸네. 다들 괜찮아?"

나는 쏟아져 내리는 나무 파편을 머리에서 털어내며 나무를 걷어찬 파이프 지라프를 찾아보았지만 이미 멀리 도망가버린 뒤였다.

"아, 놓쳐버렸네. 어떻게 할까? 쫓아가?"

내가 돌아보며 모두에게 묻자── 코하쿠가 파이프 지라프가 도망친 방향을 부채로 힘껏 가리켰다.

"쫓아가야제! 저 MOB이 어떤 이색 아이템을 드랍할지 조사하는 거여!"

그런 쓸데없는 의욕을 보고 다들 쓴웃음을 지으면서도 별다른 목표가 없었기에 지도도 채울 겸 파이프 지라프를 추적하기로 했다.

"그런데 저 MOB은 어디로 간 걸까."

중형 사이즈 MOB이긴 하지만 우리보다 훨씬 크고 노란색, 검은색, 눈에 띄는 모양이라 쉽게 찾아낼 수 있을 줄 알았는데 좀처럼 보이지 않았다.

"어디 간 거지? 토비, 알겠어?"

"……제가 좀 앞서가서 찾아볼게요."

[발견] 센스를 지니고 있는 토비가 발소리를 죽이며 주위의 숲을 찾기 시작했다. 토비의 움직임에 맞춰서 넓어지는 메뉴의 지도 갱신이 도중에 멈췄고, 토비가 일직선으로 돌아왔다.

"토비 양, 찾았나요?"

루카가 물었지만 그녀의 말은 토비의 품속에 안겨 있는 하얗고 복슬복슬한 것으로 인해 중간에 끊겼다.

"……여러분! 주웠어요!"

끌어안고 있던 하얗고 복슬복슬한 것을 자랑하는 듯이 보여주는 토비.

뭔가 희귀한 아이템을 발견한 건가 싶어서 내가 그 하얗고 복슬복슬한 것 쪽으로 손을 뻗자━.

"흐악?! 하, 핥았어?!"

깜짝 놀라 손을 거두자 그 복슬복슬한 것 안에서 귀가 우뚝 솟았고, 그 뒤를 이어 뿔, 눈가, 입가 순으로 얼굴이 나타난 다음, 발굽이 있고 짧은 다리를 뻗은 뒤 토비의 품속에서 뛰어내렸다.

"메에에~."

우리는 새끼 양 같은 날카로운 울음소리와 적의가 느껴지지 않는 모습을 보고 눈을 깜빡였다.

"이거, 새끼 동물인가?"

"메에에~."

내가 중얼거린 말에 대답하는 듯이 한 번 울음소리를 낸 새끼 양 형태의 새끼 동물. 그 복슬복슬한 털은 다 큰 양에 뒤처지지 않을 정도로 새하얀 모습이었다.

나는 그 새끼 양 앞에 앉아서 다시 만지며 끝없이 파고드는 것처럼 부드러운 양털의 감촉을 즐겼다.

"……음, 순백의 양을 데리고 다니는 성기사, 괜찮으려나?"

"아니, 비주얼을 생각하믄 아니제. 굳이 말하자믄 양치기 아니여?"

내가 성기사의 파트너로 괜찮을지 생각하고 있다 보니 아무래도 그 생각이 입 밖으로 새어 나온 모양이라 코하쿠에게 지적당했다.

문득 주위를 보니 다른 사람들도 이 캠프 이벤트에서 처음으로 본 새끼 동물에 흥미진진한 모양이었다.

"귀엽네요, 그리고 작아서 지켜주고 싶어져요."

"그래도 새끼 동물이니까 크면 분명히 전력이 되겠지? 이 애는 어떤 식으로 강해지려나."

루카와 히노도 새끼 양을 둘러싸고 쓰다듬었다. 그 뒤에는 즐겁게 새끼 양을 쓰다듬고 있는 우리를 숨을 헐떡이며 바라보고 있는 리레이가 있었다.

"후후후, 인형처럼 작은 동물과 어울려서 놀고 있는 미소녀들이네요. 다음에는 여러 종류의 인형을 안아 달라고 하거나 인형에 맞는 동물 귀를 달아달라고 하거나, 하악하악……."

"리레이. 너도 새끼 동물한테 흥미를 좀 보여야제."

흥분해서 볼이 상기된 채 숨을 헐떡이는 리레이와 그녀를 차가운 눈초리로 바라보고 있는 코하쿠.

코하쿠는 한 발짝 물러난 위치에서 우리를 보고 있었지만, 우리가 번갈아가며 안아주고 있는 새끼 동물에게 흥미가 있는지 새끼 양을 힐끔거렸다.

"근디 토우토비, 아까 그 파이프 지라프는 찾은겨?"

"……하읔, 이 애를 주워서 흥분한 나머지 깜빡했네요."

다시 안아 든 새끼 양을 끌어안은 채 힘없이 축 늘어지는 토비.

"그럼 진형을 좀 생각해봐야겠네요. 우선순위를 높게 잡고 신경 써야 할 것은 이 새끼 양의 보호겠죠."

탐색 중 우선순위를 다시 정하고 파이프 지라프를 찾을 준비를 갖추었다.

우선순위는 새끼 양의 보호, 파이프 지라프의 추적, 그 도중에 아이템 수집 순서였고, 그러기 위해 새끼 양을 보호하는 것은 직접 전투를 벌일 기회가 가장 적은 후위에게 맡기게 된다.

"그러니까 코하쿠가 제대로 지켜야 해!"

"뭐, 일단 맡긴 할 건디."

"……다시 앞서가서 파이프 지라프를 찾을게요."

토비가 그렇게 말하면서 지면에 내려놓은 새끼 양은 호기심이 왕성한지 이쪽으로 갔다가 저쪽으로 갔다가, 낮은 위치에 있는 나무 열매와 나뭇잎을 먹기도 하고 높은 위치에 있는 과일을 올려다보면서 메에에~ 울었기에 코하쿠가 바람 마법으로 그것을 떨어뜨려 새끼 양에게 주곤 했다.

나와 히노는 새끼 양이 무언가를 먹으면 메뉴 정보가 갱신되어 먹을 수 있는 나무 열매와 과일 같은 것들이 차례차례 감정된다는 것을 눈치챘지만, 조용히 코하쿠가 새끼 동물을 돌봐주는 모습을 지켜보고 있었다.

"안 되야! 그렇게 파티에서 멀리 가믄!"

"메에~."

"니, 진짜 부잡스럽네. 아니, 내 손가락을 깨물어봤자 맛없는디."

"메에~."

"자, 저기 있는 나무 열매를 먹으면…… 아니, 저건 안 좋아하는 거여? 편식이 심하네."

혼자서 새끼 양을 돌보는 코하쿠의 표정을 모두 함께 싱글거리며 바라보았다.

그러던 동안 다시 파이프 지라프를 탐색하러 갔던 토비가 돌아왔다.

"……이번에는 찾았어요."

"좋았어! 이번에는 놓치지 않게끔 둘러싸고 쓰러뜨리자! 마법을 쓰면 도망칠 틈을 만들어버릴 테니까 기본적으로는 쓰지 말고."

우리는 새끼 양을 데리고 토비의 안내를 받아 도망친 파이프 지라프를 쫓아갔다.

파이프 지라프는 다시 느긋하게 높은 위치에 있는 나무 열매와 나뭇잎을 먹고 있었다.

나는 [행동제한해제] 센스를 사용해서 나무 위로 올라갔고, 루카는 파이프 지라프의 정면, 토비와 히노가 뒤쪽으로 돌아가서 기습할 타이밍을 노렸다.

파이프 지라프에게 들키지 않게끔 루카가 손으로 사인을

보내며 모두 함께 일제히 공격할 타이밍을 쟀다.

(3, 2, 1──.)

나는 손가락을 다 꼽는 것과 동시에 나무줄기를 박차고 단숨에 파이프 지라프에게 달려들었다.

좀 전에는 목의 급소를 노리다 빗나갔기에 이번에는 몸통을 노렸다.

히노는 파이프 지라프가 뒷다리로 걷어차는 것을 조심하며 중거리에서 뒤쪽을 장창으로 찔러 대미지를 축적시켰다.

루카는 정면에서 검의 측면을 사용하여 파이프 지라프의 박치기와 채찍처럼 휘두르는 머리 공격을 받아냈고, 토비가 그 틈에 스쳐 지나가며 베었다.

"이렇게 하면 금방 끝날 것 같은디."

"후후후, 우리가 나설 차례는 없나──?!《프레임 서클》!"

전투에 참가하지 않고 후위에서 새끼 양을 지키고 있었던 코하쿠와 리레이는 완전히 마음을 놓고 있었지만, 바로 직전에 리레이가 어떤 기척을 눈치채고 머리 위로 불꽃을 만들어냈다.

나무 위에서 팔랑거리며 떨어지는 나뭇잎과 함께 수축되는 불꽃의 고리에 휩싸여 떨어진 것은 거대한 뱀이었다.

두껍고 긴 몸을 꿈틀거리며 고개를 든 푸른색 큰 뱀 MOB인 [스네이크 탭]이 코하쿠가 안고 있던 새끼 양을 노리고 있었다.

"이 녀석, 뭐여! 토우토비의 [발견]에 걸리지 않았는디,

언제 이렇게 가까이 온 거여!"

"[은폐]나 [인식저해] 같은 센스를 가지고 있는 것 아닐까요? 정말 안 좋은 타이밍에 마주쳤네요."

"코하쿠 양! 리레이 양! 지금 전위를 물러나게── 크윽!"

HP가 얼마 남지 않게 되자 공격이 거세진 파이프 지라프. 그 공격을 필사적으로 막아내는 루카를 혼자 전위에 남겨두고 공격 요원인 나와 토비, 히노가 뒤로 물러나기는 힘들었다.

"이쪽에서는 시간을 벌 거니께 괜찮어!"

"후후후, 딱히 쓰러뜨려도 상관없는 거죠? ──《프레임 서클》!"

리레이의 마법을 피할 수 없었던 스네이크 탭은 솟구치는 것과 동시에 코하쿠를 덮쳤다.

리레이의 《프레임 서클》은 스네이크 탭의 꼬리 끄트머리를 잡아내고 태웠지만, 그럼에도 불구하고 도약의 기세는 줄어들지 않았다. 스네이크 탭은 큰 입을 벌리고 송곳니를 드러내며 코하쿠에게 달려들었다.

"메에~."

"이 애가 무서워하잖어! ──《그람 소드》!"

코하쿠는 쥐고 있던 부채에 수속성 무기 강화 마법을 걸었다.

단숨에 부채를 뒤덮는 듯이 퍼지는 물. 그 물에 뒤덮인 부채를 스네이크 탭의 눈을 향해 휘둘렀다.

물로 뒤덮인 부채는 타격무기의 역할을 맡고 있었고, 코하쿠가 스네이크 탭의 머리를 때린 것과 동시에 둔탁한 타격음이 울렸다.

"부채가 그런 식으로 사용하는 무기였던가?"

"원래는 아닌디, 긴급시에 사용하는 근접공격이여!"

그런 다음 코하쿠가 부채를 접는 것과 동시에 물의 형태를 변화시키자 물이 부채 끄트머리 쪽으로 뻗어나갔다.

코하쿠는 부채 전체를 물로 뒤덮은 날카로운 물의 검을 만들어낸 뒤 거꾸로 쥐고 큰 뱀의 머리를 찔러 지면에 박아넣은 뒤 무기에서 손을 뗐다.

"리레이! 마무리여!"

"후후후, 여전히 자비심이 없네요. 하지만 그런 구석은 좋아요——《프레임 서클》!"

물의 검으로 변한 부채로 인해 지면에 박혔는데도 부채에 달라붙어 몸을 꿈틀거리며 도망치려 하던 스네이크 탭을 불꽃의 고리가 둘러싼 뒤 단숨에 조여서 폭발을 일으켰다.

그 폭풍으로 인해 하늘로 날아오른 부채가 위로 뻗은 코하쿠의 손으로 돌아왔고, 코하쿠가 그 부채로 스네이크 탭의 숨통을 끊으려 했다.

"마지막이여. ——《퀵 블래스트》!"

펼친 부채를 부치는 것과 동시에 날아간 압축 공기탄이 리레이가 날린 불꽃 안에서 날뛰고 있던 스네이크 탭의 머리를 정확히 공격하여 그 형태를 무너뜨리자 빛의 입자가 주위로 흩어지기 시작했다.

그것과 거의 동시에 파이프 지라프의 뒤에서 장창을 계속 찔러대고 있던 히노가 마지막 공격을 날리자 파이프 지라프가 옆으로 쓰러졌다.

이벤트 한정 유니크 MOB을 두 마리 쓰러뜨리고 새끼 양을 무사히 지켜냈다는 것에 안심한 우리 옆에 남은 것은 보물상자 두 개였다.

히노가 파이프 지라프의 보물상자 안에 있던 것을 꺼내 보니──.

"왜 기린인디 [안면침낭]이여! 침낭 요소가 어디 있는디?!"

"후후후, 글쎄요. 어머, 이쪽은 수도꼭지네요."

파이프 지라프의 보물상자에서 꺼낸 침낭을 보고 불만을 터뜨리던 코하쿠 옆에서 스네이크 탭의 보물상자를 연 리레이는 안에서 은빛으로 반짝이는 수도꼭지를 꺼냈다.

"탭하고 수도꼭지(tap)가 관련되었다는 것은 알것는디, 기린하고 침낭이 무슨 관계인 건지 모르것네!"

언짢은 표정으로 침낭을 펼치고 키린과의 관련성에 대해 진지하게 생각하는 코하쿠.

"저기…… 침낭은 독일어로 슈라프자크라고 하니 그쪽 말장난인 것 같네요."

"그런 걸 어떻게 알아!"

코하쿠는 루카가 조심조심 대답하자 들고 있던 침낭을 내던질 뻔했지만 겨우 참았다.

우리는 그 뒤로도 잠시 그 주변에서 식재료 아이템을 드랍하는 MOB을 사냥하거나 아이템 수집을 한 다음 근처 세이프티 에리어로 새끼 양과 함께 돌아왔다.

●

"자! 전리품 확인이야!"

"메에~."

세이프티 에리어에 있던 통나무를 반으로 잘라 만든 테이블에는 숲에서 모은 여러 가지 아이템이 산더미처럼 쌓여 있었고, 그 산더미에 새끼 양이 머리를 들이대려 하고 있었다.

"떼, 아이템에 장난치면 안 돼."

코하쿠가 그렇게 말하며 뒤에서 껴안는 듯이 들어 올린 새끼 양은 무슨 나뭇잎 같은 것을 문 채 우물거리고 있었다.

"괜찮아. 그 애가 먹으면 그것이 무슨 아이템인지 알 수 있으니까."

"그런겨? 난 몰랐는디."

"후후후, 눈치채지 못한 건 새끼 양을 돌보느라 정신이 없었던 코하쿠뿐인 것 같네요."

리레이에게 지적당하자, 코하쿠는 좀 기분이 나빠졌지만 금방 새끼 양의 털을 쓰다듬으며 표정이 부드러워졌다.

"그건 그렇고 먹을 수 있는 것과 먹을 수 없는 것을 재주도 좋게 구분하네요."

뭔가 동물적인 감각으로 식용 아이템과 독을 알아내는 건 지도 모른다.

루카는 새끼 양이 먹은 아이템의 감정 결과를 보면서 나머지 아이템을 구분하고 있었지만 새끼 양이 먹어서 효과를 알아낸 아이템을 제외한 나머지 아이템은 여전히 미감정 상태였기에 곤란하다는 듯한 표정을 짓고 있었다.

마지막으로는 이미 설치한 이벤트 한정 유니크 아이템을 보았다.

숙소인 [텐트]가 세 개, 요리를 만드는 도구인 [조리기구 3종 세트]. 개인용 [안면침낭]. 그리고 나무줄기에 붙여서 쓰는 수도꼭지 [트리 탭].

그것만으로도 캠프 거점이나 비밀기지 같은 느낌이 들어서 두근거렸다.

여러 가지 경험을 할 수 있다는 생각만으로도 나머지 캠프 이벤트를 즐겁게 진행할 수 있을 것 같았다.

"텐트도 쳤으니 이제 저녁식사 준비를 해야지."

"……그렇죠. 배가 고파졌네요."

오랫동안 주변 에리어를 탐색했기에 다들 만복도가 꽤 많이 줄어든 모양이었다. 다행히 [요리] 센스가 없더라도 요리를 할 수 있는 도구가 있다. [요리] 센스 정도의 효과는 기대할 수 없겠지만 제대로 먹을 수 있고 만복도만 회복시킬 수 있다면 내일도 탐색이 가능하다.

내가 싱글거리며 다른 사람들을 보자 다들 말없이 미소를 지으며 다른 동료들을 보고 있었다.

"""…………."""

모두의 침묵이 잠시 이어졌고, 기분 나쁜 예감 때문에 이마에서 땀이 흐르기 시작했다.

다들 마찬가지인지 표정에 약간 불안한 기색이 비쳤다.

"후후후, 미소녀가 손수 하는 요리를 기대했는데요. 묻고 싶은 게 하나 있는데, 우리 중에서 요리 경험이 있는 사람은 얼마나 되나요?"

리레이가 모두에게 던진 질문을 듣고 루카와 토비, 코하쿠가 조심조심 손을 들었다.

"저기…… 조리실습 정도의 요리라면."

"……저도 마찬가지예요."

"나도 마찬가지인디."

그리고 손을 들지 않았던 나와 히노는──.

"나는 먹는 것 전문!"

"나는 맛보기 전문!"

"메에~."

호흡이 척척 맞는 두 사람의 대답에 새끼 양의 울음소리가 합쳐지니 나도 모르게 웃을 뻔했지만, 다른 사람들은 말없이 바라보기만 했다.

"그러니까, 뮤우 양하고 히노 양은 요리 쪽으로는 거의 괴멸적인 거군요."

"나는 언니들한테 다 맡기니까."

아, 그 생각을 하니 윤 오빠의 밥이 그리워지네.

"우리 집은 어머니에게 다 맡기거든."

"뭐, 어쩔 수 없죠. 오늘은 해가 지기까지 시간이 얼마 남지 않았으니 우선 가지고 온 식재료를 먹기로 할까요."

그리하여 캠프 이벤트 첫날 저녁 식사는 윤 오빠 특제 샌드위치와 새끼 양이 감정해준 과일, 그리고 들풀을 생으로 먹게 되었다.

"이건…… 먹을 수 있긴 하지만 맛있지는 않네요."

"……쓴데, 요."

"설마 오늘 최대의 강적이 이 식사의 쓴 풀일 줄이야. 뜻밖인데."

먹을 수 있는 들풀을 먹은 루카, 토비, 코하쿠, 세 사람이 인상을 찌푸리면서도 입에 넣은 풀을 깔끔하게 다 먹고 입가심으로 물을 마셨다.

나도 좀 먹어보았지만 쓴맛과 알싸한 맛이 너무 강해서 그냥 먹으면 정말 맛이 없었다. 입가심으로 달콤한 과일, 그리고 햄과 치즈를 넣어서 맛있는 샌드위치를 먹었지만, 입 안의 쓴맛이 사라지지 않았다.

만복도는 분명히 회복되었는데, 만족도가 부족했다. 나는 이런 들풀을 이벤트 기간 내내 계속 먹을 수도 있다는 가능성을 생각하고 소리를 질렀다.

"으아아아앙, 언니이이이이이!"

"뮤우! 시끄러! 니만 힘든 거 아니랑께! 다들 힘들어야!"

코하쿠에게 혼난 뒤 울상을 지으면서도 만복도가 다 채워질 때까지 모두 함께 들풀을 먹었다.

그런 와중에 히노는 새끼 양이 먹지 않았던 과일 중 하나를 집어 들었다.

"내가 생각해봤는데, 남아 있는 이쪽 아이템은 진짜로 먹을 수 없는 걸까? 혹시나 새끼 양의 입맛에 맞지 않을 뿐이고 우리들은 먹을 수 있는 아이템일지도 몰라."

"후후후, 그렇죠. 그리고 만약 독이라도 맛이 좋다면 상태이상을 회복시키면서 먹는 것도 괜찮을지 모르겠네요."

"니들은 그렇게까지 굶주린 거여?"

히노와 리레이는 각자 사과와 배 비슷한 과일을 들고 있었다. 그런 두 사람을 째려보면서도 말리지 않는 코하쿠.

코하쿠가 눈짓하는 것을 본 나는 만에 하나 두 사람이 상태이상에 걸릴 경우 바로 마법을 써서 회복시킬 수 있게끔 대기했다.

"그럼 간다. 하나, 둘——."

히노와 리레이가 동시에 들고 있던 과일을 깨물었다.

한순간, 움직임이 멎은 두 사람의 안색과 상태를 살펴보면서 중요한 맛은 어떨지 반응을 보고 있자니——.

"윽, 맛없어!"

"히노! 정신 차려——《큐어》, 《하이 힐》!"

곧바로 독2 상태이상에 걸린 채 입을 손으로 막고 비틀거리며 무릎을 꿇은 히노에게 해독과 HP를 회복시키는 마법을 사용했다.

히노가 먹은 사과 같은 과일은 독3의 영향을 주는 과일이었고, 히노가 가지고 있던 저레벨 [독 내성] 센스로 약간이나마 경감되었지만, 독으로 인한 대미지는 확실히 받게 되었다.

그리고 다른 과일을 먹은 리레이는——.

"맛은 나쁘지 않네요. 하지만——."

"리레이. 그건 그만 먹는 것이 좋을 거여. 만복도가 회복되기는 하는디, 그와 동시에 줄어들고 있으니께."

리레이의 경우에는 특수한 상태이상, [만복도 감소]가 걸렸다.

그 상태이상은 처음 보는 것이라 이벤트 한정 상태이상이나 신규 상태이상일 텐데, 내 회복마법으로는 치유할 수 없다.

리레이는 그대로 [만복도 감소] 과일을 계속 먹었고, 만복도 회복량이 감소량보다 약간 많기는 했지만 큰 차이는 없었다.

그리고 최종적으로는 배 같은 과일을 열 개나 먹었고——.

"윽, 속이 안 좋아요."

"그야 단시간에 과일을 열 개나 먹었으니 속이 안 좋기도 하것제. 자, 물."

리레이의 등을 쓸어주며 돌봐주는 코하쿠.

리레이가 먹은 과일의 상태이상은 [만복도 감소] 효과

가 발동되는 동안 같은 과일을 추가로 먹어도 상태이상이 중첩되지는 않는다. 그 효과를 이용해서 과일을 열 개나 먹었기에 결과적으로 만복도를 5퍼센트 회복시킬 수 있었지만——.

솔직히 수지가 안 맞네, 나는 그렇게 생각했다. 그리고 우리는 더 이상 검증하지 않고 나중에 감정할 수 있는 사람에게 보여주기로 했다.

결론을 말하자면——.

"평범한 과일이 제일 맛있네."

"""응.""""

"메에~."

그런 평범한 답에 도달했을 때, 모두의 저녁 식사가 끝났다.

해는 이미 진 시간이었지만 빛마법으로 빛의 구슬을 띄워 두고 있었기에 세이프티 에리어는 마치 낮처럼 밝았다.

"자, 밤이 되어버렸는데 어떻게 할까?"

내가 묻자 다들 제각각 생각에 잠겼다. 평소대로라면 밤에도 나름대로 플레이할 방법이 있긴 한데⋯⋯.

"지금은 쓸데없이 움직이지 말고 오늘은 이만 쉬는 게 나을 것 같네요."

"⋯⋯밤이라는 것만으로도 낮보다 위험하고, 기습당하기도 쉽죠."

"나는 이제 지쳐서 얼른 쉬고 싶어."

"그라제. 새끼 양도 졸린지 비틀거리고 있으니께 일찌감치 쉬자고."

첫날이니 야간 활동을 피하고 싶다는 신중론에 나도 동의했다.

그리고 텐트 별로 2인 1조가 번갈아가며 불침번을 서기로 했다.

"후후후, 그럼 어떤 텐트에서 잘지 정할까요. 기대되네요."

조합은 나와 코하쿠, 루카와 토비, 히노와 리레이로 정해졌고, 불침번은 히노와 리레이조, 루카와 토비조, 나와 코하쿠조 순서로 정해졌다.

"그럼 불침번은 우리가 마지막인 거지?"

"응. 그러니까 뮤우하고 코하쿠는 푹 자도 돼. 나는 리레이하고 이야기라도 하면서 첫 번째 불침번을 설 테니까."

밤 9시부터 세 시간마다 교대로 불침번을 서기로 했다.

나와 코하쿠는 이미 잠든 새끼 양을 안고 우리 텐트 안으로 들어왔다.

"후우, 하루 종일 돌아다니니께 지치네."

코하쿠는 그렇게 말한 다음 재빨리 여러 겹으로 겹쳐진 기모노풍 장비를 벗고 하얀 유카타 같은 잠옷차림으로 항상 머리 뒤쪽에 꽂아서 머리카락을 고정시키고 있던 비녀를 뺀 뒤 손으로 머리카락을 다듬었다.

"흐아아……."

"뭐여? 뮤우. 왜 그런당가?"

자는데 걸리적거리는 동그란 안경을 벗은 코하쿠의 얼굴을 보니 평소와는 다른 인상이었다. 항상 견갑골에 걸칠 정도로 긴 호박색 머리카락을 머리 뒤로 잡아당겨서 묶고 있었기에 약간 눈매가 치켜 올라가 있었는데, 지금은 내려와 부드러운 느낌이었다.

무엇보다 온몸의 분위기가 완전히 달랐다. 여러 겹으로 겹쳐진 기모노풍 장비 때문에 체격을 알아보기가 힘들었는데, 잠옷차림이라서 몸의 윤곽을 확실히 알 수 있게 되었다.

의외로 예쁜 몸매에서 왠지 섹시함마저 느껴졌다.

너무 단숨에 변했기에 코하쿠라는 것을 알면서도 이 말을 해야만 할 것 같았다.

"누, 누구야! 코하쿠를 어디로 데리고 간 거야!"

"뮤우. 눈앞에서 장비를 벗는 걸 봤잖여. 아니, 그렇게 내가 많이 변했당가?"

두 사람의 침낭 사이에 눕힌 새끼 양을 쓰다듬으며 코하쿠가 고개를 갸웃거린 뒤 그렇게 물었다.

"솔직히 인상이 너무 많이 바뀌어서 깜짝 놀랐어. 이렇게까지 변하다니."

"뭐, 여자애는 화장 하나만으로 변신한다고 하니께, 이 비녀 하나만으로도 꽤 많이 바뀔 거여."

"호오, 그렇구나. 내가 그걸 끼우면 어떤 느낌일까?"

"뮤우는 비녀에 흥미가 있는 모양인디. 그라믄 자기 전에 껴볼랑가?"

"그래도 돼?!"

"상관없어야. 혼자서 끼울 수 있게끔 가르쳐줄라니께."

코하쿠가 그렇게 말하고 내 뒤로 돌아왔다. 코하쿠의 비녀가 내 머리카락에 닿은 것을 알 수 있었다.

"뮤우는 머리카락이 길고 트윈테일이니께 사이드테일풍으로 가르쳐주께. 우선 한가운데에서 한 쪽으로 머리카락을 모아서 묶고. 그 다음에는 묶은 곳에서 머리 쪽으로 비녀를 끼고. 여기까지는 알것어?"

느린 동작과 함께 가르쳐주는 코하쿠. 한 단계를 끝내면 다시 머리를 풀고 그 부분까지 혼자서 하게끔 몇 번 반복해서 가르쳐주었다.

내가 비녀를 끼우는 방법을 알 리가 없었기에 힘껏 머리카락을 잡아당기자 코하쿠는 머리카락이 상한다고 하며 적당한 힘조절을 익힐 때까지 여러 번 반복하며 알려주었다.

"그려, 비녀에 머리카락을 감은 다음에는 비녀를 기울인 다음에 들어 올리는 거여. 마지막으로 피부에 스치는 듯이 꽂는 거제. 여기까지가 기본이여."

그렇게 해서 만들어진 머리카락 모양은 뒤통수 왼쪽 위치에 비녀로 긴 백은 머리카락을 묶고 그 위치에서 왼쪽 가슴 앞으로 머리카락이 흘러내리는 듯이 매우 귀엽게 완성되었다.

"오오! 됐다! 재미있네."

내가 가슴 앞으로 흘러내린 사이드테일 끄트머리를 손가

락으로 빙글빙글 돌리며 만지작거리자 코하쿠가 쓴웃음을 지었다.

"자, 이번에는 처음부터 혼자서 해보라고."

그녀는 그렇게 말하며 내 머리카락에 끼운 비녀를 뽑은 다음 손으로 머리카락을 다듬어준 뒤 다시 비녀를 건넸다.

나는 코하쿠의 도움 없이 혼자서 사이드테일을 완성시킨 다음 뽐내는 듯이 돌아섰다.

"흐흥! 어때! 섹시해졌어?"

"뮤우는 아직 어린애 같아서 섹시함 같은 건 없는디."

"으, 코하쿠도 평소 때 섹시하지 않잖아!"

"섹시하지 않아서 미안하구만. 자, 불침번을 교대할 때까지 조금이라도 자야제."

코하쿠는 그렇게 말한 다음 내 머리카락에 끼우고 있던 비녀를 다시 빼내버렸다.

"아앗, 모처럼 만들었는데!"

그런 다음 코하쿠와 나는 숨소리를 내며 자고 있는 새끼 양을 사이에 두고 서로 마주 보고 누웠다.

"저기, 코하쿠."

"뭐여?"

"이 새끼 양은 지금 어떤 꿈을 꾸고 있을까?"

"글쎄? 그래도 행복한 꿈이믄 좋것네."

코하쿠는 그렇게 말한 다음 새끼 양이 깨지 않게끔 조용히 바라보았고, 나는 작고 부드러운 목소리로 중얼거렸다.

"양이 한 마리, 양이 두 마리, 양이 세 마리……."

"뮤우, 그건 뭐여?"

"아니, 그냥 해본 말이야."

잠이 오지 않는 밤에 침대에서 양을 세본 적은 누구나 한 번쯤은 있을 것이다. 그렇게 말하니 코하쿠가 쿡쿡대며 웃었다.

"저기, 이야기 좀 하다 잘까?"

"이야기 말이제. 뭐, 잠깐이라믄 상관없어야."

목소리를 낮추고 둘이서 이야기를 나눴다.

서로에 대해 잘 알지 못하는 것들을 번갈아하며 말했다.

내가 좋아하는 물건, 좋아하는 것들.

코하쿠가 좋아하는 물건, 좋아하는 것들.

여자애들끼리라서 그런지 이야기 소재는 그야말로 수없이 많았고, 하룻밤 정도는 눈깜짝할 새에 지나갈 것 같았다.

하지만 서서히 다가오는 졸음으로 인해 나도 그렇고 코하쿠도 고개를 꾸벅이며 졸기 시작했다.

그리고 의식이 흐려지기 직전에── '메에~'라는 작은 울음소리가 들렸고, 우리는 텐트에서 조용히 무언가가 나가는 것을 느끼며 잠들었다.

●

다음 날 아침, 눈을 떠보니 텐트 밖이 밝다는 것을 깨달았다.

"으으, 아침인가…… 아니, 아침?!"

내가 몸을 벌떡 일으키고 허둥대며 침낭 안에서 빠져나오자 코하쿠도 그 기척을 느끼고 눈을 비비며 일어났다.

"왜 그려, 뮤우. 급하게 일어났는디."

"왜 그러냐니, 불침번을 교대해야 하는데 그냥 잠들어버렸어!"

왜 그냥 잠들어버린 거지?! 그렇게 생각하면서 텐트 바깥으로 뛰어나가 보니 히노와 리레이가 부드러워 보이고 하얀데다 복슬복슬한 무언가에 둘러싸인 채 푹 잠들어 있는 것을 발견했다.

"무슨 일이야?!"

첫 번째 불침번인 두 사람이 바깥에서 자고 있는 것을 보니 한 번도 교대하지 않은 것 같았다.

잠든 히노와 리레이는 새끼 양이 없다고 하면서 텐트에서 나온 코하쿠에게 맡긴 뒤, 나는 루카와 토비의 상황을 확인하기 위해 두 사람의 텐트로 갔고 그곳에서도 마찬가지로 얌전히 숨소리를 내며 잠든 두 사람을 발견했다.

"루카, 토비. 일어나!"

나는 비상사태가 벌어졌다고 생각하고 두 사람을 깨우면서 다른 특이사항이 없는지 살펴보았다.

우리 모두가 깊은 잠에 빠진 채 아침을 맞이했고, 바깥에서 자고 있던 히노와 리레이는 정체불명의 따스해 보이고 복슬복슬한 것에 둘러 싸여 있었다.

내가 도난당한 것이나 없어진 것이 있는지 살펴보면서 세이프티 에리어와 필드의 경계로 다가가자──.

"아얏! 이게 뭐야?!"

이마가 보이지 않는 무언가에 부딪혔다. 허둥대며 몇 발짝 뒤로 물러난 다음 조심조심 손을 내밀자 그곳에 투명한 벽이 존재하고 있었다.

손으로 살짝 때려본 다음 텐트로 돌아가서 가져온 검으로 이곳저곳을 베어보면서 벽의 범위가 어느 정도인지 조사하다 보니 세이프티 에리어를 한 바퀴 돌아버렸다.

"왠지 갇혀 있는 것 같은데?!"

세이프티 에리어를 둘러싸고 있는 투명한 벽에 완전히 갇혔고 출구도 보이지 않았다.

서둘러 다른 사람들에게 그 상황을 보고하러 돌아와보니 비상사태가 더욱 심각해져 있었다.

"없어야! 새끼 양이 없당께!"

아침에 일어나서 텐트 바깥으로 나왔을 때 보이지 않았던 새끼 양을 여전히 찾아다니는 코하쿠. 토비도 함께 찾아보았지만 세이프티 에리어 안에서는 새끼 양을 찾을 수 없었다.

"무슨 일이 일어난 거지? 적 MOB이 습격하지 않는 세이프티 에리어 안에서."

내가 그렇게 중얼거리자 세이프티 에리어의 경계 바깥쪽에 있던 수풀에서 부스럭거리는 소리가 들렸다.

이 비상사태의 원인인가? 그렇게 생각하고 허둥대며 검을 겨누자 그 수풀에서 무언가를 입에 문 채 질질 끌면서 그 새끼 양이 나타났다.

"오오?! 벽 바깥에 있었당가! 걱정했는디!"

코하쿠는 그렇게 말하며 달려가려 했지만 벽에 가로막혀서 새끼 양에게 다가갈 수가 없었다.

새끼 양은 먹을 수 있는 과일을 위에 얹어 놓은 큰 나뭇잎 끄트머리를 물고 썰매처럼 질질 끌며 다가오고 있었다.

그것을 투명한 벽 앞에 내려놓은 다음 다시 수풀로 돌아가서 다른 나뭇잎을 끌고 왔다. 이번에 가져온 것은 식용 나뭇잎이었다.

그렇게 나뭇잎 위에 얹은 작은 식재 더미가 투명한 벽 너머로 줄줄이 놓였다.

"저기, 뮤우. 이거 혹시 우리들 보고 먹으라는 걸까?"

"설마 새끼 동물에게 먹을 것을 받을 줄은 몰랐네요."

우리가 식사하는 모습이 그렇게 불쌍하게 보였나? 그렇게 생각하며 어제 저녁 식사를 떠올리고 충격을 받은 히노와 루카.

그리고 새끼 양이 세 번째 나뭇잎 썰매를 끌고 나오려 할 때, 멀리 있는 수풀에서 무언가가 움직인 것 같은 기척이 느껴졌다.

그곳에서 나타난 것은 뿔이 달린 토끼. [혼 래빗]이었다.

어제 탐색할 때도 만났던, 토끼 고기를 드랍하는 귀중한 식량 제공원이며 우리들에게는 약한 적이다. 하지만 새끼 양에게는 강적이다.

"도망쳐! 새끼 양아!"

"새끼 양아! 뒤! 뒤쪽이여!"

허둥대며 주먹으로 투명한 벽을 두들기는 나와 코하쿠. 그 목소리가 들렸는지 새끼 양은 천천히 혼 래빗이 있는 쪽을 돌아보았지만 수풀에서 돌진해 오는 혼 래빗을 피할 수는 없다.

그렇게 생각하고 나서 다음 순간──.

『푸웁──.』

돌격한 기세를 살려 그대로 새끼 양에게 달려들려고 한 혼 래빗은 투명한 벽에 부딪힌 것처럼 넘어진 뒤 한심한 소리를 내고 있었다.

"메에~."

무슨 일이 일어난 것인지 알지 못했던 우리들이 눈을 깜빡이는 와중에 새끼 양이 울었다.

그러자 그 목소리로 인해 일어나려던 혼 래빗이 비틀거렸고, 그대로 쓰러져서 잠들어버렸다.

"이거 세이프티 에리어에서 일어난 상황하고 똑같은 거 아닌가?"

"다시 말하자믄 [결계]와 [수면]이 이 새끼 양의 특성이라는 거제."

전투력은 없지만 자신의 몸은 스스로 지킬 수 있는 실력이 있다는 것을 보여준 새끼 양은 뽐내는 듯한 분위기를 온몸으로 풍기면서 투명한 결계 너머로 우리를 올려다보았다.

그리고──.

"……앗, 도망쳤어요."

고개를 한 번 꾸벅 숙인 새끼 양은 그대로 혼 래빗 옆을 지나 달려갔다.

우리는 결계로 가로막혀 있기 때문에 새끼 양을 쫓아갈 수도 없었고 새끼 양에게 작별 인사를 할 수도 없었다.

새끼 양이 파티 중 누군가의 파트너가 되어주지 않았다는 것을 아쉽게 생각하는 한편, 우리가 먹을 음식을 모아준 것을 보고 마음속이 따스해졌다.

"도망쳐버렸으니 어쩔 수 없지! 자, 아침 식사를 하고 이틀째 탐색에 나서자!"

내가 억지로 밝은 목소리로 말하자 다들 단숨에 슬퍼 보이는 듯한, 아쉬운 듯한 표정을 없애고 의욕에 가득 찬 표정을 보여주었다.

"그런데…… 이곳에서 어떻게 나가죠?"

루카의 냉정한 질문.

우리는 아직 펼쳐져 있는 결계 안에서 탈출할 방법에 대해 잠시 고민하고 있었지만, 시간이 지나자 결계가 사라졌기에 무사히 새끼 양이 결계 바깥에 모아준 음식, 그리고 계속 잠들어 있던 혼 래빗을 쓰러뜨리고 드랍한 토끼 고기를 회수할 수 있었다.

그런 다음 세이프티 에리어로 돌아와서 아침 식사인 과일을 먹으면서 새로 메뉴에 추가된 [정보게시판] 기능을 활용하여 모두 함께 이틀째 행동 계획을 세우기도 했다.

우리의 이벤트는 이제 막 시작되었을 뿐이다.

7화   부유대륙과 유적 던전

텐트에 스며들어온 햇빛을 느끼고 천천히 눈을 떴다.

아침의 소음과 빵을 굽는 향기에 이끌려 텐트 밖으로 고개를 내밀어니 알고 지내던 플레이어들이 모여서 아침 식사 준비를 하고 있었다.

"윤찌, 식기는 충분해?"

"부족하니까 가져다 줘! 나는 지금 요리 때문에 움직일 수가 없어!"

"포션하고 도시락 준비가 되었으니 나는 나가볼까."

"타쿠, 조심히 다녀와!"

나는 잠이 덜 깬 상태로 눈앞의 광경을 멍하게 바라보다가 떠올렸다.

"그렇지. 윤 언니네 일행하고 합류했었지."

요리를 제대로 할 수 없는 우리 파티만으로는 서바이벌 생활을 해나갈 수 없다는 것을 깨닫고 윤 오빠네 파티와 같은 베이스캠프를 거점으로 삼게 된 지 이틀째다.

윤 오빠와 마기 씨 일행 같은 생산직들이 중심인 베이스캠프에는 타쿠 씨와 세이 언니의 길드 멤버도 모여서 아침부터 시끌벅적하고 매우 바쁜 분위기다.

수십 명으로 늘어난 플레이어 집단을 유지하는 식사는 주로 윤 오빠를 포함한 [요리] 센스를 지닌 플레이어들이 만들고 있다.

"뮤우 씨. 좋은 아침이네요."

"루카, 좋은 아침. 아침 식사 했어?"

"아뇨, 방금 전까지 검을 휘두르고 있었거든요. 같이 갈까요?"

일찍 일어난 루카가 등에 메고 있던 새 바스타드 소드를 풀어놓았다.

어떤 사건 때문에 루카가 쓰던 무기가 부서져버려서 대장장이인 마기 씨가 새로운 검을 만들어 주었던 것이다.

루카는 지금까지 우선 방어구 중심으로 장비를 맞추고 있었지만, 처음으로 생산직이 만든 무기를 얻게 되어서 기쁜지 기분이 좋아 보였다.

그런 자그마한 변화를 흐뭇하게 생각하며 둘이서 먼저 식사 장소로 간 히노와 토비가 있는 곳으로 갔다.

"히노, 토비. 좋은 아침이야."

"뮤우, 루카. 좋은 아침."

"……좋은 아침입니다."

먼저 테이블에 앉아 있었던 두 사람은 야채 주스를 마시면서 다른 사람들이 모이는 것을 기다리고 있었던 모양이었다.

"코하쿠 양하고 리레이 양은 아직 자나요?"

루카가 묻자 히노는 쓴웃음을 지으면서 두 사람이 있는 곳을 가르쳐주었다.

"코하쿠는 리레이를 막는 역할이야. 리레이는——."

61

그렇게 말하며 돌아본 곳에는 프렌치토스트를 차례차례 굽고 있는 윤 오빠와 그 뒤에서 황홀한 표정을 짓고 있는 리레이가 있었다.

오빠는 그녀가 바라보고 있다는 것을 눈치채지 못하고 있는 것 같았다.

"그건 그렇고 윤 씨는 이상한 별명이 생겨 버렸네."

"그렇지. 윤 언니에게 별명이 생기다니. 그것도── [새끼들의 보모], 혹은 [보모]라니."

윤 오빠의 장비는 원래 바탕색이 검은색이지만 어떤 사건으로 인해 파손되었기 때문에 지금은 하얀 원피스 차림으로 지내고 있다.

그런 청초한 차림으로 여름 캠프 이벤트의 핵심인 새끼 동물과 장난치는 모습, 그리고 새끼 동물들을 필사적으로 지키는 모습으로 인해 그런 별명이 붙었다.

윤 오빠 본인은 매우 싫어하지만, 평소 때 말과 행동을 생각하면 납득이 되기도 했다.

내가 그런 생각에 잠겨 있던 와중에 리레이와 코하쿠는 윤 오빠에게서 프렌치토스트를 받아왔다.

"후후후, 아침부터 듬뿍 즐겼네요."

"아침 식사를 받을 때 은근슬쩍 윤 씨의 손을 쓰다듬지 말어."

리레이를 째려보는 코하쿠.

이제 모든 파티원이 모여서 아침 식사를 할 수 있게 되었다.

"그럼── 잘 먹겠습니다."

"""""──잘 먹겠습니다."""""

식사 인사를 한 다음 모두 함께 앞에 놓인 요리를 먹었다.

윤 오빠의 손에 의해 독은 아니지만 쓴맛이 매우 강했던 들풀도 맛있는 들풀 무침으로 변했다. 또한 수제 빵으로 만든 프렌치토스트의 촉촉한 식감으로 인해 모두가 눈을 가늘게 뜬 채 그 맛을 즐겼다.

"하아, 이틀 전에 느꼈던 맛이 마치 거짓말 같은 식생활이네. 윤 언니 만만세야."

"그래도 윤 씨처럼 [요리] 센스를 가지고 있는 사람들에게만 부담을 주는 것 같아서 죄송스럽네요."

루카는 다른 생산직이 만든 베이컨으로 요리한 베이컨 에그를 먹으면서 기운 없는 표정을 짓고 있었다.

"……어쩔 수 없죠. 우리는 요리를 못하니까요."

토비가 먹다가 멈추고 한 말을 듣고 모두의 움직임이 한순간 멎었다.

여자애로서 요리를 못한다는 것은 치명적인 문제인 것 같기도 한데, 히노가 웃으면서 얼버무렸다.

"……[요리] 센스를 가지고 있는 사람들이 열심히 요리를 해주는 만큼 우리도 확실하게 식재료를 제공해야겠지."

"후후후, 그럼 오늘 활동은 어떻게 하실 건가요? 먼저 최소한 우리 여섯 명 분량의 식재료를 모을까요?"

히노가 긍정적인 의견을 냈고, 리레이가 그 의견에 맞장구를 쳤다.

"아니, 그 최소한 여섯 명 분량의 식재료는 나하고 루카토, 토우토비가 아침 일찍 모아부렀는디."

그러니 그럴 필요는 없다고 말하는 코하쿠를 보고 그 무렵에 여전히 느긋하게 자고 있었던 나와 느긋하게 야채 주스를 마시고 있었던 히노, 여자들을 쫓아다니고 있었던 리레이는 둘러대는 듯이 억지로 웃음소리를 냈다.

"아하하……."

코하쿠는 그런 우리들을 째려보았지만 금방 미소를 지었고, 시선의 압력이 사라졌다.

"식재료를 모은 건 우리가 멋대로 한 거니께 딱히 상관없어야. 그 대신 우리는 윤 씨한테 요리를 주문했으니께."

"뭐어?! 치사해! 왜 그런 걸 이제 말하는데!"

"뮤우 양은 자매니까 윤 씨의 요리를 언제든 먹을 수 있잖아요."

"그거하고 이거는 별개지!"

식재료를 모으면 좋아하는 음식을 주문할 수 있다니, 나도 그러고 싶다.

그렇게 생각한 다음 먹고 싶은 요리를 손꼽아서 세어보았는데, 너무 많아서 정할 수가 없었기에 머리를 감싸쥐었다.

"으으윽! 먹고 싶은 것이 너무 많아서 정할 수가 없어!"

"후후후, 저는 미소녀의 여체덮── "그 이상 말하지 말어!""

파앙! 부채로 머리를 때리는 경쾌한 소리가 울렸고, 리레이가 하던 말이 중간에 끊겨졌다.

그렇게 즐거운 아침 식사가 끝나갈 무렵에 윤 오빠가 우리 쪽으로 걸어왔다.

"좋은 아침. 잠꾸러기."

"윽, 좋은 아침이야. 보모."

윤 오빠가 제일 늦게 일어난 나를 놀렸기에 윤 오빠의 별명으로 반격했는데, 매우 싫어하는 표정을 지었다.

"정말…… 진짜 그런 정보는 빨리 듣는구나. 자, 점심 6인분하고 루카토 일행이 주문한 거야."

그렇게 말하며 테이블 중앙에 6인분 도시락을 내려놓고 작은 보온상자를 열었다.

"루카네가 식재료를 모아서 만들어달라고 한 게 이거야?!"

나와 히노는 눈을 반짝이면서 보온상자 안에 들어 있던 것을 바라보았다.

그것은 하얀 도자기에 들어 있는 3색 셔벗이었다.

계속 보다가는 셔벗이 녹아버릴 것 같아서 우리는 급하게 보온상자를 닫다.

"루카토하고 토우토비, 코하쿠가 모은 과일을 [스위트 팩토리]의 믹서를 써서 주스로 만든 다음 그걸 뤼이와 리쿠르의 도움을 받고 얼려서 만든 거야. 고마워하면서 먹어줘."

나는 그렇게 말한 윤 오빠의 뒤를 따라다니던 새끼 동물 두 마리——윤 오빠의 파트너인 유니콘 뤼이와 마기 씨의 파트너인 강아지 리쿠르──를 감사의 마음을 담아 바로 껴안았다.

"뤼이~, 리쿠르~. 고마워~."

리쿠르는 기쁜 듯이 볼을 핥아주었지만, 뤼이는 싫다는 듯이 고개를 돌리려 했다. 윤 오빠를 닮아서 솔직하지 않지만, 정말 좋아!

"정말. 뤼이가 싫어하니까 슬슬 놔줘. 그리고 아침 식사는 금방 먹고 모험하러 갈 거지?"

"헉! 그랬지! 오늘은 동쪽 던전을 공략하기로 했어!"

윤 오빠가 한 말을 듣고 정신이 번쩍 든 나는 뤼이와 리쿠르를 놔주고 남아 있던 아침 식사를 급하게 먹었다.

"잘 먹었습니다. 다녀올게!"

"별말씀을. 조심히 다녀와."

우리는 윤 오빠 일행의 배웅을 받으며 베이스캠프에서 동쪽을 향해 일직선으로 나아갔다.

"오늘 도전할 동쪽 던전은 어떤 느낌이었지?"

내가 걸어가면서 묻자, 게시판 정보를 미리 확인했던 리레이가 대답해주었다.

"후후후, 던전은 탑 형태예요. 적 MOB과 함정의 위험도는 낮고, 보물상자의 재출현 빈도는 높죠. 보스는 거대한 새 형태. 약점은 수속성이네요."

루카는 개요를 말해주는 리레이의 설명을 듣고 턱에 손을 댄 채 파티의 사령탑으로서 모두가 어떻게 움직일지 생각했다.

"그렇다면 보스와 전투를 벌일 때는 코하쿠 씨를 중심으로 움직이게 되겠네요."

"그라는 것이 좋것제. 내 마법이 잘 먹힐 것이니께."

"나도 게시판 정보를 봤는데, 보스 자체는 그렇게 위협적이지 않지만, 날아다닌다는 점이 좀 골치아프지. 대공전투에 익숙하지 않으면 힘들 거야."

그럴 경우 히노는 거대한 새가 급강하할 때 창으로 견제하고, 코하쿠와 리레이가 마법으로 떨어뜨린 다음 나머지 사람들이 둘러싸고 공격하는 식이려나.

하지만 똑같이 하늘을 날아다니는 적 MOB이라 해도 소형 새인 밀 버드와 대형 보스의 차이가 어떤 양상을 만들어내는가에 대해서는 주의할 필요가 있다.

"보스랑 가볍게 붙어보고 나서 정하면 되겠지! 우선은 상황을 살펴보자! 부딪혀서 깨져라! 이런 말도 있잖아."

"아니, 상황을 살펴보다가 깨지믄 안 되잖어."

내가 주먹을 쥐고 휘둘러서 두드리는 이미지를 전달하려고 하자, 코하쿠가 태클을 걸었다.

잘못 말한 건가? 내가 그렇게 말하며 고개를 갸웃거리자, 루카와 히노가 쿡쿡대며 웃고 정정해주었다.

"이번 같은 상황에서는 돌다리도 두들겨보고 건너라, 겠죠."

"어라, 착각해버렸네."

"후후후, 뮤우 양은 바보 같아서 귀엽네요."

"으, 나는 바보가 아니야! 이래 봬도 계산은 잘하니까──."

"나도 계산은 잘해! 적에게 준 대미지 계산이라든지!"

내가 하려던 말을 히노가 먼저 해버렸기에 불만이라는 것을 나타내기 위해 볼을 부풀렸다.

"아하하, 뮤우가 하는 생각은 빤히 보인당께."

"……방석 한 장 뺏기겠네."

코하쿠는 히노와 내가 주고받은 대화가 우스웠는지 자지러지게 웃어갔고, 토비도 입가를 살짝 치켜 올리고 중얼거렸다.

예능 프로그램을 진행하는 게 아니잖아!(쇼텐이라는 일본 방송 프로그램에 오오기리 코너에서 재미의 여부로 방석을 주고받는다)

"여러분. 슬슬 탑 형태의 던전에 도착할 거예요. 준비하죠."

내가 혼자서 볼을 부풀리고 있었지만, 루카가 그렇게 말한 것과 동시에 모두가 화기애애한 분위기를 떨쳐내고 단숨에 전투에 대비하며 마음을 다잡았다.

아무리 즉사급 함정이나 몬스터가 나오는 던전이 아니라 해도 방심은 금물이다.

우리는 평소 때 진형으로 던전에 돌입했다.

●

"호오, 던전도 오토 맵핑되는구나. 편리하네."

여름 캠프 이벤트의 특별사양으로 주위의 상황이 자동으로 기록되는 맵핑 기능이 존재한다.

이것은 기간이 정해져 있는 이벤트에서 길을 잃고 같은 곳을 여러 번 탐색하지 않게 하기 위한 스트레스 경감 대책일 것이다. 그런데 이렇게 공백이 많은 지도를 보면 항상 어떤 생각이 부글부글 끓어오르곤 한다.

"지도라면, 역시 완전 정복이지!"

"역시 뮤우! 나랑 똑같은 생각이구나! 맵퍼의 천성! 맵 100퍼센트 완성을 목표로!"

오! 그렇게 둘이서 주먹을 들어 올리자 다른 사람들도 괜찮겠다는 느낌으로 맞장구를 쳐주었다.

"아이템 같은 것을 회수하려면 구석구석까지 탐색할 필요가 있죠."

"……이 이벤트의 함정은 난이도가 약간 높긴 하지만, 장난기가 섞인 것들이 많으니까 안심하고 [함정해제] 센스를 단련시킬 수 있어요."

[함정해제] 센스를 지니고 있는 토비가 그렇게 말하며 조용히 의욕을 보였다.

"내는 딱히 상관없는디. 급하게 적 MOB하고 싸울 필요도 없으니께."

"그럼 결론이 나왔네! 제1계층부터 지도를 채워나가자!"

나와 히노가 선두에 서서 나아가려는 것을 보고 [함정해제] 담당을 맡고 있는 토비가 허둥대며 우리를 앞질렀다.

던전의 분위기는 약간 무너진 건물이었다. 이끼와 덩굴이 자라나 있고, 발치에 드문드문 잡초가 나 있긴 하지만 무너진 벽 틈새로 빛이 스며들기도 하고 이끼가 빛나기도 해서 던전 내부는 밝았다. 그리고 처음 도착한 넓은 방에는——.

"우와, 분수가 있네!"

이끼와 수초가 끼어 있는 분수가 물을 계속 뿜어내고 있는 것을 발견하고 나와 히노가 달려가서 차가운 물에 손을 담그고 놀고 있자니, 리레이의 강한 시선이 느껴졌다.

"하악하악, 백은색 미소녀와 오드아이 미소녀가 분수에서 장난치는 모습……."

황홀한 표정으로 우리를 보고 있는 리레이. 그런 리레이에게 어떻게 대처해야 할지 판단하기 힘들었던 나와 히노는 코하쿠를 보았고, 그녀가 고개를 끄덕였기에 그대로 실행했다.

"에잇!"

"타앗!"

두 손으로 뜬 물을 리레이 쪽으로 힘껏 날렸다.

히노와 함께 날린 물이 리레이의 얼굴과 가슴에 맞았지만, 그럼에도 불구하고 리레이는 기뻐 보였다.

"후후후, 곤란하네요. 그래도 나쁘진 않아요."

리레이는 두 갈래 고깔모자를 벗은 다음 얼굴에 묻은 물을 손으로 닦아내고 어깨와 가슴 위쪽이 드러난 옷의 가슴 쪽에 묻은 물기를 손가락으로 털어냈다. 그 동작으로 인해 가슴 계곡이 강조되었고, 나와 히노는 오히려 대미지를 입었다.

"역시…… 크다."

"압도적인 전력에 패배했어."

마음이 아파서 분수 가장자리에 손을 집어넣고 축 늘어졌지만, 리레이는 어머, 왜 그러시죠? 라고 말하며 고개를 갸웃거리고 있었다. 딱히 의도하지 않은 반격이었지만 위력이 대단했다.

"여긴 세이프티 에리어인 것 같네요."

"……함정도 없고, 다른 플레이어들도 쉬고 있어요."

"나는 던전 이야기 같은 걸 좀 물어보고 올 거야."

우리가 분수에서 놀고 있는 한편, 루카와 토비, 코하쿠는 다른 파티원들과 잠시 떨어져서 다른 플레이어들과 이야기를 하고 있었다. 그들이 약간 대미지를 입었다는 것을 눈치챈 루카 일행이 포션을 몇 개 건네면서 낮은 계층의 출현 MOB 이야기를 교묘하게 끌어내고 있었다.

그리고 우리가 있는 곳으로 돌아왔다.

"좋아! 맵핑을 계속하자! 나아갈 방향은 토비에게 맡기자!"

"……알겠습니다. 제가 앞장서죠."

우리는 그렇게 말한 다음 미로를 걸어가기 시작했다.

선두에 선 토비가 왼쪽으로 길을 따라가며 던전을 나아갔다.

그 뒤에 전위인 루카와 히노가 나란히 섰고, 후위인 코하쿠와 리레이가 그 뒤를 따라갔고, 뒤에서 공격이 날아들면 막기 위해 내가 가장 뒤에 섰다.

토비는 묵묵히 던전의 함정을 해제했고, 마주친 적 MOB 에게는 후위인 리레이와 코하쿠가 원거리에서 마법을 날려 해치웠다.

"적이 전혀 강하지 않은디."

"……오히려 적보다 함정이 더 힘드네요."

적을 쓰러뜨린 다음, 토비는 통로에 있던 함정을 필사적으로 해제하려 했지만 표정이 그리 밝지 않았다.

"후후후, 괜찮아요. 사전 정보에 따르면 이 근처에 설치되어 있는 함정은 그렇게 무서운 함정이 아닌 모양이니까요."

"……감사합니다. 앗——"

토비는 리레이의 격려를 받고 긴장을 조금 덜어냈지만, 그 직후에 함정해제를 실패하고 작은 목소리를 냈다.

그리고—— 투욱, 리레이의 이마에 무언가가 부딪혔다.

"리레이? 괜찮아?"

의아하다는 표정으로 이마를 만지는 리레이에게 히노가 걱정스러운 듯이 물었다.

나는 리레이의 이마에 부딪힌 물건을 주워들고 확인했다.

"나무 열매구나."

"……죄송합니다. [화살벽] 함정 해제에 실패했어요."

그렇게 말하며 미안해하는 토비의 말을 듣고 모두 함께 나무 열매가 발사된 벽을 보았다.

벽 틈새에 작은 사출구가 뚫려 있었고, 벽 내부에 발사기구가 묻혀 있는 것 같았다.

그리고 발사한 것은 화살이 아니라 나무 열매였다.

"다행이네요. 화살이 아니라서."

"근디 리레이는 운이 없구먼. 이런 장난 같은 함정에 걸렸으니께. 평소 행실이 나빠서 그런 거 아니여?"

위험한 함정이 아니었다는 것에 안심하는 루카와 수수한 함정에 당한 리레이를 보고 싱글거리면서 웃는 코하쿠.

"후후후, 귀여운 함정이네요. 이런 것만 계속 있다면 함정을 해제하지 않고 나아가더라도 문제없지 않을까요?"

함정의 실태를 알게 되자 여유를 보이는 리레이. 하긴, 함정의 해제 난이도에 비해 효과가 꽤 약하니 무시하고 나아갈 수도 있겠지만——.

"그래도 최대한 신중을 기하며 나아가도록 하죠."

루카가 한 말을 듣고, 토비는 지금까지처럼 함정을 해제하며 앞으로 나아갔다.

하지만 역시 함정의 난이도가 높아서 그런지 토비의 함정해제 성공 확률은 8할 정도였고, 나머지 2할이 실패할 때마다——.

따악, 어떤 경우에는 천장에서 작은 목제 통이 떨어져서 리레이의 머리에 맞아 HP에 대미지를 입히거나——.

철퍽, 어떤 경우에는 리레이의 발치 쪽 바닥이 진흙처럼 변해서 발이 파묻혀 [SPEED 저하] 상태이상에 걸리거나——

푸슉, 어떤 경우에는 하얀 안개가 리레이에게 뿜어져 나온 것과 동시에 [만복도 감소] 상태이상에 걸리곤 하면서 여러 종류의 함정에 걸렸다.

그리고 이번에도 최악, 머리 위에서 물이 쏟아져 내려 리레이의 온몸을 적셨다.

"……죄, 죄송해요. 일부러 그런 건 아니에요. 죄송해요."

리레이의 살벌한 분위기를 느낀 토비는 울상을 지으며 사과했다.

"후후후, 괜찮아요. 이 정도는."

리레이는 젖은 이마에 달라붙은 머리카락을 쓸어 올리며 사악한 미소를 지었다.

"리레이 양, 진정하세요. 워워."

"정신이 나갔어! 뭔가 진정시킬 만한 거!"

루카가 리레이를 달래서 진정시키려고 하는 한편, 히노는 진정시킬 수 있을 만한 것을 찾으며 주위를 둘러보고 있었다.

"후후후, 이제 귀찮네요. 함정 같은 건 이렇게 해서 전부 발동시켜버리면 되잖아요. ──《프레임 필러》!"

리레이가 던전 바닥을 내려치는 듯이 지팡이를 휘두르자 그 행동에 맞춰 던전의 통로를 가득 메울 정도로 강력한 불기둥이 생겨났다.

그 불기둥이 통로 구석구석을 휩쓸며 나아갔다.

리레이의 고화력 마법으로 인해 통로 곳곳에 설치되어 있던 함정이 파괴되거나 충격으로 인해 발동되어 빗나가곤

했다.

그리고 막다른 곳에 불기둥이 부딪혀 흩어진 뒤에는 그을린 통로만 남아 있었다.

"후후후, 토우토비. 함정 상황은요?"

"……전부 소멸되었어요."

메마른 목을 축이기 위해서 침을 꿀꺽 삼키는 토비. 미소를 짓고 있는 리레이가 그렇게 무서웠는지 목소리가 좀 떨렸다.

"후후후, 자, 나아가죠. 제게 망신을 준 던전에서 보물을 통째로 빼앗아서 제 완전승리라는 사실을 새기도록 해요."

솔직히 리레이는 지금 너무 무서워서 거역할 수가 없다.

나와 히노가 리레이의 뜻밖의 일면을 보고 함께 부들부들 떨고 있자니——.

"좀 진정하랑께!"

파앙, 부채를 휘둘러 리레이의 뒤통수를 때리며 경쾌한 소리를 울린 코하쿠.

그러자 리레이는 불만이라는 표정으로 돌아보았고, 코하쿠가 그녀를 나무랐다.

"어차피 제1계층은 [함정해제] 센스나 던전에 익숙하지 않은 플레이어들을 위한 훈련장일 거 아니여. 근디 못 참것다고 함정을 억지로 부숴불믄 토우토비의 센스를 성장시키는 것을 방해하는 거 아닌감?"

"……함정에 그렇게까지 연속으로 걸리면 저도 좀 짜증이

나거든요.”

“그건 운이 안 좋았던 거제. 뭐, 우리는 둘 중 하나만 있으면 충분한 전력이니께 머리 좀 식히라고.”

코하쿠의 설득에 리레이도 마지못해 고개를 끄덕였고――.

“알겠습니다. 정신을 진정시키기 위해 뮤우 양을 빌리도록 하죠.”

“흐엑?! 어째서 나야?!”

갑자기 뒤에서 껴안는 듯이 구속된 나.

“뮤우. 잠시 리레이 상대 좀 해주라고. 금방 진정될 것이니께.”

“잠시라니, 언제까지?!”

코하쿠가 일방적으로 리레이를 상대해주라고 떠넘겼다.

루카와 히노는 쓴웃음을 지었고, 토비는 안절부절하지 못하고 있을 뿐이었다.

“으윽, 걸어가기 힘들어!”

“후후후, 미소녀의 향기와 부드러운 감촉. 하아, 행복하네요.”

눈을 가늘게 뜨고 황홀한 표정을 짓고 있는 리레이는 나를 껴안은 팔에 힘을 더 세게 주면서도 슬쩍슬쩍 아래쪽으로 내려가 기어코 내 허리 근처를 껴안게끔 움직였다.

움직이기 힘든데, 그렇게 생각하면서도 내가 세이 언니를 껴안는 것과 비슷하다는 생각도 들어서 어쩔 수 없다고 중얼거리면서 어깨에서 힘을 뺐다.

"후후후, 빈틈!"

"꺄악?! 배 근처는 만지지 마! 그리고 치마 들추지 말고!"

허리를 껴안은 리레이가 헤벌쭉한 표정을 지으며 옷 너머로 배를 쓰다듬고 볼을 비벼댔다. 왠지 간지러운 느낌이 들어서 몸을 비틀며 빠져나오려 했지만, 이번에는 치맛자락을 잡아당겼기에 들추지 못하게끔 필사적으로 누르면서 루카 일행을 쫓아갔다.

다들 우리가 주고받는 이야기를 듣고 얼굴이 새빨갛게 물들면서도 눈을 마주치지 않은 채 제1계층의 맵핑을 해나갔다.

나는 다른 사람들에게 뒤처지지 않게끔 리레이를 질질 끌고 가면서 파티의 제일 뒤에 있는 사람을 따라갔다.

중간에 토비의 [함정해제] 센스 레벨이 올라가서 함정을 해제할 때 실패하는 경우가 거의 없게 되었기에 제1계층에 있던 보물상자를 쉽사리 회수할 수 있었다.

지도가 완전히 채워지자 제1계층은 꽤 단순한 구조였고, 통로 몇 개와 비교적 큰 방으로 구성되어 있다는 것을 알게 되었다.

"그러면 제1계층의 탐색이 끝났으니 위로 가죠."

"응. 그건 좋은데, 리레이, 이제 좀 떨어져~."

아직 허리를 끌어안고 있는 리레이를 떼어내려 했지만, 그녀는 더 세게 끌어안았다.

(ATK 스테이터스는 내가 더 높을 텐데, 어디서 이런 힘

이 나오는 거야!)

나는 내심 놀라면서 루카 일행에게 도움을 요청했지만, 그녀들은 여전히 시선을 피하고 있었다.

"그럼 갈까요."

"그래."

"그려."

루카 뒤를 따라가는 히노와 코하쿠. 마지막까지 이쪽을 신경 쓰고 있던 토비도 말없이 세 사람을 따라갔다.

그런 다음 나는 네 사람을 쫓아가기 위해서 리레이를 억지로 떼어낸 뒤 제2계층으로 올라갔다.

●

"정말! 너무해! 리레이하고 나를 내버려 두고 가다니!"

"아뇨, 만약 말리면 이쪽까지 피해를 입을 것 같아서……."

그렇게 말하면서 여전히 내 눈을 피하고 있는 루카.

나는 힘이 다 빠졌는데, 나를 껴안고 있던 리레이는 표정이 밝았고 왠지 피부에도 윤기가 흐르는 것 같았다. MP 같은 것을 빨린 건지도 모르겠다는 생각이 들어서 스테이터스를 확인해보았지만, 전혀 변한 것이 없었다.

"그건 그렇고, 제2계층은 그냥 평범한 미로 같은디."

선두에서 나아가는 토비, 그 뒤를 따라가는 히노와 코하쿠가 이 미로 던전 맵을 점점 채워나갔다.

제2계층에서는 일찌감치 제3계층으로 이어지는 계단을 찾아냈기에 다시 제2계층의 입구로 돌아와 모든 통로를 다시 조사해보고 있었다.

큰 방이 없는 제2계층에서는 통로에서 전투가 벌어질 것에 대비하여 포지션을 짜고 토비와 코하쿠가 앞서나가며 함정과 장애물을 제거했다.

오토 맵핑된 지도를 참고하며 부자연스러운 지도 공백 근처의 벽을 조사하고 함정이나 숨겨진 문, 파괴 가능한 벽이 있으면 두 사람이 처리해나갔다.

"……숨겨진 방에 보물상자가 있었네요."

"오오! 이번이 세 번째구나! 그런데 내용물은?"

우리는 토비가 함정을 해제한 보물상자를 둘러싸고 안에 있던 것을 확인한 뒤 기분이 미묘해졌다.

"또 미묘한 내용물이네."

보물상자 안에는 약간 좋은 레어 장비, 약간 좋은 유니크 아이템, 저주받은 장비 같은 것들이 몇 개 들어 있었다. 상자를 열어볼 때마다 내용물이 미묘했기 때문에 기대와 현실의 차이에 매우 낙담하곤 했다.

"이거 보물상자가 아니라 쓰레기 상자 아닌가요?"

"그래도 아직 낮은 계층 보물상자니까요."

매섭게 쏘아붙이는 리레이를 루카가 달랬지만, 그런 미묘한 아이템들을 써먹을 수 있는 상황을 상상할 수가 없었다.

"아, 이 괴짜 아이템. 어젯밤 늦게까지 했던 연회에서 써

먹었던 거 아니여?"

"이쪽은 효과가 재미있는데."

"……귀여운데, 저주 받은 장비네요."

코하쿠, 히노, 토비가 차례대로 각자 눈에 띄는 아이템을 들어보았지만 아무도 그것을 욕심내지는 않았다.

"이 아이템은 어떻게 할 거야? 아니, 어떻게 분배하지?"

내가 모두에게 묻자 다들 곤란한 듯한 표정을 지었다.

"괜찮아 보이는 아이템 말고는 물물교환용으로 쓰고 남은 아이템은 이벤트가 끝난 뒤에 나누는 게 낫겠죠."

"그렇지. 역시 윤 언니에게 보여주고 포션으로 바꿔달라고 하는 게 제일 나으려나."

실용성이 없고 써먹을 수가 없는 괴짜 아이템을 모으는 특이한 플레이어도 어느 정도 있고, 윤 오빠도 그런 특이한 플레이어들이라 할 수 있다.

[언어학] 센스가 없으면 읽을 수도 없는 책을 모으거나 저주 받은 액세서리를 요리나 포션 대금 대신 받기도 한다.

"슬슬 제3계층으로 올라갈까?"

히노가 제안하자 다들 고개를 끄덕였다.

제2계층을 돌아보면서 숨겨진 방의 아이템을 회수했지만, 아무리 해도 탐색할 수 없는 공백지대가 두 군데 있었다. 하지만 벽이 무너져서 들어갈 수 없는 에리어나 근처 벽을 조사해봐도 반응이 없는 에리어였기 때문에 그냥 넘어가기로 했다.

그리고 제3계층은 건물의 노후화가 심해져서 그런지 유적의 벽이 완전히 사라진 상태였고, 위쪽 계층을 지탱하는 두꺼운 기둥만 있었다.

그렇게 탁 트인 에리어의 가장 큰 특징은——.

"으앗, 깜깜하네. ——《라이트》. ……안 되겠어. 효과가 없네."

탁 트인 제3계층은 넓게 까만 공간으로 뒤덮여 있었다.

어둠을 걷어내기 위해 만들어낸 빛의 구슬도 까만 공간에서는 도움이 되지 않았다.

"이건 이른바—— 다크 존이라는 걸까요?"

"……암흑 탐색. 암시가 안 통할 것 같네."

이 다크 존을 자세히 조사하기 위해 우선 손만 넣어서 해롭지 않은지 확인하는 루카와 실제로 들어가서 효과가 있는 센스가 있는지 조사해보는 토비.

하지만 나와 히노는 기다리지 못하고——.

"뭐, 그래도 일단—— 돌격!"

"앗?! 뮤우 양!"

"나도 돌격!"

"히노 양까지!"

내가 무턱대고 다크 존으로 뛰어 들어가자 루카가 말리는 목소리가 들렸지만 쫓아오지는 못한 모양이었다.

뒤에서 히노도 나와 마찬가지로 따라왔기에 나는 우선 일직선으로 다크 존을 뛰어갔다.

그리고 다크 존을 빠져나간 곳은――.

"오, 오오? 왜 직각으로 방향이 전환된 거지?"

일직선으로 달려왔을 텐데, 중간에 90도로 방향이 전환된 곳에 도착해 있었다.

그리고 내가 다시 역주행하는 듯이 다크 존으로 뛰어 들어가자――.

"어라?! 원래 있던 곳으로 돌아왔어!"

어떻게 된 거지? 그렇게 고개를 갸웃거리고 있자니 내 뒤에 있었을 텐데 다른 곳에서 나온 히노, 그리고 우리를 찾으러 다크 존을 우회해서 오고 있었던 루카 일행과 합류했다.

"둘 다 다크 존 안에 뭐가 있을지 모르니 멋대로 행동하지 말아주세요! 일단 거기에 정좌하고 반성하고요!"

""네~, 알겠습니다.""

"안 되것네. 전혀 반성하지를 않으니께."

루카에게 혼난 뒤 정좌를 하게 된 나와 히노가 건성으로 대답했기 때문에 코하쿠가 째려보게 되었고, 우리는 억지로 웃으며 둘러대려 했다.

한편, 토비와 리레이는 우리들의 행동과 채워진 지도를 통해 이 다크 존의 구조에 대해 추리하고 있었다.

"……회전바닥일까요?"

"후후후, 그렇겠죠. 그리고 다크 존 안에서 갱신된 지도를 보아하니 지도를 채우려면 어느 정도 횟수만큼 시도해야 할 테니 뮤우와 히노가 잘못된 행동을 한 건 아니에요."

우리도 제3계층의 지도를 띄워보니 나와 히노가 다크 존 내부를 이동한 기록이 남아 있었고, 우리가 밟은 바닥 패널 중 하나에 회전 마크가 표시되어 있었다. 회전 방향도 보였다.

"지도의 갱신 범위는 대충 바닥의 패널 하나 분량. 그리고 다크 존의 범위는 패널 12×12 범위."

바닥에 깔려 있는 패널의 크기를 비교해보니 우리들이 할 일이 바로 정해졌다.

"샅샅이 뒤지자!"

"그러니까, 돌격하지 마시라고요!"

나는 또 루카에게 혼났고, 이번에는 무작정 뛰어가는 것이 아니라 끄트머리부터 한 줄씩 지도를 채워나갈 생각으로 다크 존 안에 있는 패널을 나아갔다.

그대로 나와 마찬가지로 다크 존으로 뛰어 들어간 히노와 내가 암흑 속에서 격돌하는 사고가 발생했기에 한 명씩 교대로 들어가게 되었다.

그리고 지도를 다 채운 결과──.

"오른쪽 위에서 두 번째하고 앞쪽 왼쪽으로부터 일곱 번째 위치에서 직진한 곳에서 아래층과 위층으로 통하는 발판을 발견했고, 아래쪽 계층은 공백지대 중 한 곳으로 연결되어 있었어요."

앞서가서 조사한 토비가 보물상자 안에 있던 내용물을 가지고 돌아왔다.

얻은 아이템 중에는 딱히 눈에 띄는 것이 없었지만, 일단

제2계층의 공백지대 중 한 곳을 메울 수 있었다. 하지만 나머지 한 곳으로 들어갈 방법을 알 수가 없었다.

"음~. 양쪽 다 위에서 내려갈 수 있을 줄 알았는데 한 군데가 남아버렸네. 혹시 제1계층에서 미처 못 본 곳이 있었나?"

"……슬슬 점심때네요. 위쪽 계층의 입구를 확인한 다음에 세이프티 에리어로 돌아가서 점심 식사를 하며 오후 탐색에 대해 이야기를 나누는 게 어떨까요?"

시간이나 반복도를 생각하면 지금 상층으로 올라가 공략에 착수하는 것보다는 우선 입구만 확인해두고 일단 세이프티 에리어가 있는 제1계층의 분수 앞으로 돌아가는 것이 나을 것 같았다.

"그럼 루카의 제안대로 행동할까?"

내가 고개를 갸웃거리면서 묻자, 다들 고개를 끄덕였기에 모두 함께 다크 존으로 들어갔다.

다크 존을 빠져나간 곳에 있던 계단을 올라가서 제4계층의 입구를 통해 안을 들여다보자 유적 위쪽은 완전히 붕괴된 상태였고 이 던전의 보스로 보이는 거대한 새가 둥지에 자리 잡고 있었다.

둥지 안에 있던 회색 거대한 새 [하이 크라이]가 일어나 이쪽을 바라보고 있었다.

"더 이상 나아가면 전투를 벌이게 될 테니 돌아갈까요."

루카가 한 말을 듣고 다들 고개를 끄덕였고, 우리는 왔던 계단을 내려가 세이프티 에리어가 있는 제1계층의 분수까지 돌아가기로 했다.

●

　제1계층에서 가장 안쪽인 제4계층의 입구까지 탐색하는데 오전을 다 보냈는데, 지도를 보면서 가장 짧은 코스로 오니 중간에 전투하는 시간을 합쳐도 10분만에 도착할 수 있는 거리였다.

　돌아오는 길에 스쳐지나간 플레이어들이 헤매는 것을 보니 던전이란 탐색하는데 시간이 오래 걸리게끔 만든 것이라는 사실을 실감할 수 있었다.

　분수 앞에 도착한 뒤 그 앞에 자리를 잡고 모두 함께 점심 식사를 하기 시작했다.

　"앗싸. 윤 언니의 수제 도시락! 맛있을 것 같네."

　나는 두 손을 모은 다음 도시락을 열고 기뻐서 소리를 질렀다.

　도시락 안에는 나폴리풍 파스타와 야채 고기말이, 버섯과 야채 버터볶음, 호박조림, 도시락을 환하게 장식해주는 방울토마토, 그렇게 여러 가지 색과 다양한 종류의 반찬이 들어 있었다.

　한 입 먹어보았다. 자주 먹어서 익숙한 오빠의 맛이었다.

　"하아, 맛있네요. 이렇게 여러 가지 맛을 즐길 수 있는 건 참 좋아요."

"맛있네. 이 고기말이에 들어 있는 인삼의 단맛하고 고기의 맛이 잘 어울려."

"……나폴리. 파스타가 불지 않아서 맛있어요."

"그라제. 인벤토리에 넣어두믄 그대로 유지되니께 그런 부분은 현실과 비교하면 참 편리하당께. 다음에는 버섯 파스타 같은 걸 만들어달라고 부탁하는 것도 괜찮을 것 같은디."

"후후후, 미소녀의 수제 도시락. 게다가 맛있다니, 엄청 희귀한 경우네요."

전부 다 맛있어서 우리는 도시락을 재빨리 다 먹어버렸다.

"마지막으로는 디저트인 셔벗!"

나는 윤 오빠가 맡긴 보온상자를 열고 다시 안을 확인했다.

셔벗은 포도, 복숭아, 귤, 그렇게 세 종류가 두 개씩 들어 있었다.

"그럼 과일을 따온 저희들이 먼저 고를게요."

루카는 그렇게 말한 다음 복숭아, 토비는 포도, 코하쿠는 귤 셔벗을 들고 스푼으로 떠서 입에 넣었다.

여름에 먹는 빙과라서 더 맛있는지, 세 사람 모두 눈을 가늘게 뜨고 행복하다는 듯이 한 입씩 셔벗을 먹고 있었다.

나와 리레이, 히노도 남은 셔벗을 고르기 위해 보온상자를 보았다.

"음~. 뭘 고르지? 고민되네."

"후후후, 그럼 저는 이 포도를 먹도록 하죠."

"나는 남은 거라도 상관없으니까 뮤우가 먼저 골라."

"그럼 나는 복숭아!"

한 입 먹어보니 찐득한 과즙의 단맛과 아삭한 셔벗의 감촉, 그리고 차가운 느낌 때문에 루카 일행과 마찬가지로 눈을 가늘게 떴다.

"으음! 하아, 행복해. 이런 상황이니 다른 맛도 신경 쓰이는데."

나는 그렇게 말하고 나서 포도 셔벗을 들고 있는 토비와 리레이, 귤 셔벗을 들고 있는 코하쿠와 히노를 보았지만——.

"……안 돼요. 이건, 제 거예요."

"안 돼? 한 입씩 교환하는 건 어때?"

"뮤우의 한 입은 엄청 큰 한 입일 거 아냐."

"잘 먹었습니다. 귤의 시원한 느낌과 단맛, 그리고 셔벗의 식감이 좋았어."

토비는 고개를 저으며 거부했고, 코하쿠도 나를 경계하며 거절했다. 히노는 일찌감치 다 먹어버렸다.

그런 와중에 리레이만 내 제안을 받아들여 주었다.

"후후후, 저는 상관없어요."

"정말? 앗싸!"

내가 그렇게 말한 다음 리레이 옆에 앉자, 리레이가 스푼으로 셔벗을 한 입 떠서 내밀었다.

"그럼, 아앙~."

"아앙~."

나는 리레이의 스푼을 물고 포도 셔벗을 입에 머금었다.

"으음~?! 이것도 달아! 그럼 이번에는 내 차례지. 아앙~."

"후후후, 잘 먹을게요. 아앙~."

내가 복숭아 셔벗을 내밀자 리레이가 그것을 입에 머금고 맛있다는 듯이 눈이 풀린 채 볼에 손을 가져다 댔다.

"후후후, 행복하네요. 미소녀가 먹여주다니, 이제 죽어도 여한이 없겠어요."

"너무 오버하네."

나는 포도 맛도 즐겼기 때문에 리레이의 반응을 보고 쓴웃음을 지으면서 나머지 셔벗이 녹기 전에 조금씩 입에 넣었다.

그런 우리 모습을 보고 약간 얼굴이 붉어진 루카가 물었다.

"저기, 뮤우 양. 그거 리레이 양하고 간접 키스한 거 아닌가요? 앗, 아뇨, 저기…… OSO니까 게임 안에서 유사한 행위를 한 거겠지만요."

"헉?! 이건 유사한 간접 키스! 여러분, 셔벗을 서로 먹여주는 게 어떨까요!"

"리레이. 시끄러!"

"무슨 문제라도 있어?"

"문제라고 할 것까지는 아니지만요……"

"언니들하고도 일부러 다른 맛을 골라서 서로 먹여주곤 하니까 아무렇지도 않은데."

"아~, 뮤우는 언니들한테 응석을 많이 부리는구나."

내가 별것 아니라는 듯이 서로 먹여주는 것에 대해 이야기하자 히노가 쓴웃음을 지으며 그렇게 말했다.

그런데 잘 생각해보니 윤 오빠는 간접 키스를 하게 되지 않게끔 새 스푼을 꺼내거나 먹지 않은 부분을 나누어주기도 하니까, 배려해주는 거겠지. 나는 마음속으로 그렇게 중얼거리며 셔벗을 즐겼다.

"후후후, 뮤우 양. 다시 한 번, 다시 한 번 셔벗을 서로 먹여주는 게 어떨까요?"

리레이의 말을 듣고 듣고 있던 용기를 보니 이미 복숭아 셔벗을 다 먹은 상태였다.

"엇, 미안. 이미 다 먹어버렸네."

그러자 리레이는 마치 세상이 멸망한 듯한 표정을 지었다.

"후후후, 괜찮아요. 그럼 다른 분들하고——."

리레이는 그렇게 말한 다음 루카 일행을 돌아보았지만 모두들 빈 셔벗 용기를 보온 상자에 넣은 뒤 잘 먹었습니다라고 하며 두 손을 모으고 있었다.

"후후후, 이번에는 실패했지만 다음 기회가 반드시 오겠죠."

"리레이, 니도 참 끈질기고마잉."

그런 리레이를 코하쿠가 째려보았다. 식사가 끝난 뒤 배를 좀 진정시키기 위해 잠깐 쉬다가 다시 보스가 있는 제4계층까지 가장 짧은 코스로 갔다.

가던 도중에는 우리보다 먼저 나아간 플레이어가 있었는지 적 MOB의 숫자는 별로 없었고 10분도 걸리지 않아 제4계층 앞까지 도착했다.

그리고 보스가 있는 제4계층에는——.

"오, 먼저 온 손님이 있는데."

"그렇네요. 방해가 되지 않게끔 여기서 기다릴까요?"

먼저 온 손님과 보스가 전투를 벌이는데 방해가 되지 않게끔 제4계층 입구에서 대기하며 전투 상황을 관찰하기로 했다.

거대한 새 형태의 MOB 보스 [하이 크라이].

전체적인 바탕색이 회색이고 군데군데 까만색과 붉은색 깃털이 보이는 그 MOB은 하늘 위를 날아다니며 날갯짓하는 것과 동시에 지상에서 요격태세를 취하고 있는 플레이어들에게 불이 붙은 깃털을 날렸다.

그리고 날아다니며 입에서 토해낸 불꽃은 바닥을 휩쓸며 퍼져 플레이어의 행동을 제한시켰다.

"……움직임이 꽤 교묘하네요."

"그렇네. 저 파티의 움직임을 보니 힘들지도 모르겠어."

토비와 히노가 분석한 것은 먼저 온 파티의 전력이었다.

먼저 온 파티에는 보스의 약점을 공격할 수 있는 [수속성 재능] 센스를 지닌 마법사가 있는 것 같은데, 정작 보스전에서는 그것을 잘 살리지 못하고 있었다.

본인이 직접 공격하는 것을 꺼리는지 공격 계열 마법보다는 전위 플레이어들의 무기에 《그람 소드》라는 수속성 부여 마법을 쓰고 있었다.

덕분에 전위 플레이어는 보스에게 유효타를 날릴 수 있었지만, 수속성 마법사는 그렇게 행동하다 보니 원거리에서 물마법을 사용하는 횟수가 적었다.

"후후후, 코하쿠라면 저럴 경우에 어떻게 마법을 쓸 거죠?"

"그라제. 우선 원거리의 물마법을 보스에게 맞춰서 바닥에 떨어뜨린 다음에 전위에게 《그람 소드》를 쓸 거야. 《그람 소드》는 효과적인 수단이긴 하지만 계속 사용하는 건 낭비니께."

후위 플레이어로서 리레이와 코하쿠가 그렇게 분석하는 동안에도 먼저 온 파티의 전황은 서서히 악화되었다.

그리고 마법사의 MP가 바닥났고, 회복 수단인 MP 포션도 다 쓴 모양이었다.

퇴각해야 한다고 판단한 먼저 온 파티가 제4계층에서 아래층으로 피하기 위해 계단 쪽으로 달려왔기에 우리는 그들이 후퇴하는 것을 방해하지 않게끔 계단 중간에서 대기하고 있었다.

그리고 먼저 온 파티가 모두 계단으로 도망치자 계단의 층계가 사라졌다.

"어?"

둥실, 발치에 있던 계단이 사라지는 감각이 든 것과 동시에 나는 반사적으로 [행동제한해제]의 3차원적인 움직임으로 벽을 박차고 제4계층으로 뛰어 올라갔다.

"""""꺄아아아악——!"""""

"루카! 토비! 히노! 코하쿠!"

"큭! 이게 뭐죠!"

리레이는 계단의 난간에 달라붙어서 미끄럼틀로 변한 계단으로 떨어지지 않게끔 겨우 버티고 있었다.

루카와 다른 사람들은 후퇴하던 먼저 온 파티와 함께 미끄럼틀로 변한 계단에서 계속 미끄러졌다.

내가 재빨리 되돌아온 제4계층 바닥에서 들여다보니 계단 전체가 미끄럼틀처럼 변한 상태였다.

제3계층의 바닥도 열려서 숨겨져 있던 미끄럼틀이 루카와 다른 사람들을 더 아래쪽으로 보냈고, 몇 초만에 보이지 않게 되었다.

"뭐가 어떻게 된 거야?"

내가 중얼거린 다음 몇 초 뒤에 층계가 사라진 계단이 원래 형태로 돌아가기 시작했다.

내딛을 곳이 생긴 리레이가 천천히 계단을 올라와서 내 옆으로 왔다.

"후후후, 뮤우 양. 이유는 모르겠지만 단둘이 남아버렸네요."

"어라, 혹시 나 위기에 빠진 거야?"

나는 조금씩 다가오는 리레이에게서 한 발짝 물러났고, 그 다음 순간 우리가 있는 곳에 그림자가 드리워졌기에 반사적으로 올려다보았다.

『큐로로로로로——.』

거대한 새가 날갯짓하며 우리들의 머리 위를 날아다니고 있었고, 위협하는 소리를 질렀다.

"후후후, 소수로 보스전을 치르는 건가요? 위기가 맞긴 하네요."

"거기에 리레이까지 덮칠 것 같다는 요소도 추가하고 싶은데."

나는 굳은 표정으로 하늘을 올려다보면서 농담을 했다.

"온다!"

이곳에서 도망쳐서 어디론가 가버린 루카 일행과 합류하고 싶지만 거대한 새가 가로막으려는 듯이 불꽃을 두른 깃털을 날렸다. 그 공격을 급하게 피한 다음 제대로 조준하지 못하게끔 일단 돌아다니긴 했지만, 깃털이 착탄되는 것과 동시에 퍼진 불꽃이 은근히 이동경로를 좁게 만들어서 계단 근처로 다가갈 수가 없었다.

"좀 전에 파티와 벌인 전투가 리셋되어서 HP가 완전히 회복된 보스를 어떻게 쓰러뜨려야 할까."

약점 속성을 공격할 수도 없고, 파티 멤버도 부족해진 상태로 보스인 [하이 크라이]에게 도전하는 것은 좀 힘들 것 같다.

"저기, 리레이. 도망칠 수 있을 것 같아?"

"후후후, 이 상태에서 도망칠 수 있다면 도망치고 싶네요."

리레이는 그렇게 말하며 시원스럽게 미소를 짓고 지팡이를 겨누긴 했지만 그녀는 항상 루카 같은 전위들 뒤에서 마법을 날리곤 했다. 그 때문에 계속 피하는 것에 익숙하지는 않았다.

"먹어라! ──《솔 레이》!"

"──《프레임 필러》! 아, 큰 마법을 쓸 때 움직임이 멈춰버리네요. 그리고 작은 마법을 연사하는 건 잘하지 못하거든요."

나는 연속으로 수렴광선 마법을 날렸고, 그 뒤를 이어 리레이가 불기둥을 만들어냈다.

보스의 몸통과 날개를 뚫은 수렴광선이 대미지를 입혔고, 한순간 움직임이 멈추자 그것에 맞춰 리레이의 불기둥이 도달하여 거대한 새의 몸을 태우기 시작했다.

"내성이 강한 속성으로도 어느 정도 대미지를 입힐 수 있네…… 아니, 어어?!"

리레이의 불꽃에 타오른 하이 크라이의 몸이 불타며 서서히 작아졌고, 하늘에서 재가 팔랑거리며 떨어졌다.

우리는 무슨 일이 일어날 것이라고 느끼며 긴장했지만 재가 지면에 떨어져서 쌓일 뿐, 거대한 새는 어디론가 사라져버렸다.

"어라? 그 정도 대미지로는 쓰러뜨릴 수 있을 리가 없는데……."

어딘가에 숨은 건가? 그렇게 생각하고 주위를 둘러보았

지만 보이지 않았다. 이럴 때 [발견] 센스를 가지고 있는 토비가 있었으면 좋았을 텐데.

"어서 다른 사람들하고── 아, 프렌드 통신을 하면 되는구나."

다른 사람들과 떨어진 뒤 바로 보스와 전투를 벌이게 되었기에 연락할 방법을 완전히 잊고 있었다. 바로 메뉴를 띄워서 루카와 연락을 취했다.

"루카, 괜찮아? 지금 어디야?"

『일단은 괜찮아요. 그 미끄럼틀 때문에 던전 바깥으로 나와버렸지만 모두 무사해요.』

그 말을 듣고 보니 그 계단의 미끄럼틀은 던전에서 귀환하기 위한 장치인 건지도 모르겠다.

보스를 쓰러뜨린 다음, 던전 바깥으로 빠르게 탈출하기 위한 역할이나 이벤트 기간 중 한 파티가 보스를 독점하지 못하게끔 강제로 내쫓는 역할을 하는 것인지도 모르겠다는 생각을 한 것과 동시에 그 장치에 참 제대로 걸렸다는 생각이 들어 쓴웃음을 지었다.

『뮤우 양은 어때요?』

"우리 쪽? 우리 쪽은……."

보스가 없어졌어, 그렇게 말하려고 했을 때 산더미처럼 쌓여 있던 재가 꿈틀거리기 시작했다.

그리고 산더미처럼 쌓인 재 안에서 부활하는 것처럼 하이 크라이가 하늘 높이 날아올랐다.

온몸의 색이 회색에서 붉은색으로 변했고, 보아하니 스테이터스 중 일부가 강화된 상태인 것 같았다.

"……보스하고 교전 중이야. 리레이의 화속성 마법으로 보스가 강화 상태에 돌입해서 도망치는 건 좀 힘들 것 같아. 어서 구하러 와줘."

『아, 알겠습니다. 던전을 가장 짧은 코스로 진행할게요!』

그렇게 말하고 프렌드 통신을 끊은 루카. 하지만 다른 사람들이 여기까지 오는데 최소한 10분은 걸린다. 나는 리레이와 둘이서 그 시간동안 버텨내야만 한다.

"뮤우 양. 정보게시판에는 이런 정보가 올라와 있지 않았죠?"

"아마 검증이 부족했던 것 아닐까? 어떻게 하지? 도망칠까?"

"후후후, 무슨 소리를 하시는 거죠? 아무리 보스가 강화되었다 하더라도 화속성 대미지를 입힐 수 있다는 것을 알고 있으니 싸워서 쓰러뜨려야죠."

위력이 강화된 채 하늘 위에서 날아든 불붙은 깃털 몇 개를 보고 리레이는 화염구를 여러 개 만들어 내 요격했다.

리레이의 마법이 개별적인 위력은 더 높았지만, 숫자는 적었다. 그러자 리레이는 자신과 보스의 중간 지점에서 화염구를 부딪히게 만들어서 연쇄 보너스를 이용해 화염구의 위력을 끌어올린 뒤 불붙은 깃털을 한꺼번에 날려버렸다.

"코하쿠처럼 연사는 못하지만 한 번에 날리는 화력이 나쁜 상성이나 불리한 상황도 전부 날려버려주겠죠. 이런 식으로, 말이에요!"

그렇게 말한 다음 화염구 두 개를 만들어 내고 그것을 동시에 날려 보스의 눈앞에서 부딪히게 만들었다. 그 연쇄 보너스로 인해 보스의 화속성 내성조차 뛰어넘어 대미지를 입혔다.

"──《솔 레이》!"

나는 그 공격에 맞춰서 다시 수렴광선 마법을 날렸고 리레이의 화염구 연쇄 보너스를 이용하여 대미지를 입혔다.

리레이가 후위임에도 불구하고 나보다 한 발짝 앞으로 나서자 리레이가 날린 폭염 안에서 불꽃이 뿜어져 나와 우리를 덮쳤다.

"──《파이어 월》!"

그것을 리레이의 방어마법인 불꽃벽이 막아냈다.

"후후후, 새끼 여우의 불꽃이 더 세겠네요."

"리레이, 나이스!"

나는 공격한 뒤의 빈틈을 치기 위해 불꽃 벽에서 뛰어나가 연속으로 수렴광선을 거대한 새에게 날려서 대미지를 입혀나갔다.

이곳의 보스는 원래 공격을 맞추는 것이 힘든 하늘 위에 있기 때문에 HP 자체는 그렇게 높지 않고, 약점 속성이 아닌 공격으로도 충분히 대미지를 입힐 수 있다.

하지만 화속성 공격을 맞고 강화된 보스는 쉽사리 쓰러지

지 않았다.

『큐로로로로로로로──.』

남은 HP가 4할 아래로 떨어졌을 때, 다시 소리를 질렀다.

그 울음소리에 호응하는 듯이 불이 붙은 깃털이 작은 새 모양으로 변해 우리에게 돌격해 왔다.

그 숫자는 아홉 마리.

"이리저리 움직이니까 골치 아프네요. 깃털처럼 한 방향으로만 날아오는 공격이라면 그나마 어떻게든 피하겠는데요."

"그리고, 빨라! 큭!"

나는 날아온 불꽃의 새에게 검을 휘둘렀다. 일격에 불꽃의 새의 형태가 무너졌고, 나를 휩싸는 듯이 바닥에 불꽃이 퍼졌다.

겨우 몸을 비틀어 피했지만, 어깨에 맞아서 대미지를 입었다.

"뜨거워! 작은 새를 남겨두면 보스가 마음대로 움직여버리겠네."

리레이도 불꽃의 새를 조준한 다음 차례차례 떨어뜨려 나갔지만, 그럼에도 불구하고 둘이 합쳐서 쓰러뜨린 것은 세 마리였다. 그리고 불꽃의 새 위에는 일방적으로 공격을 가하고 있는 보스가 있다.

나는 불꽃의 새에게 입은 대미지를 회복마법으로 치유하면서 리레이와 등을 맞댄 채 서로 사각을 받쳐주었다.

우리 주위를 날아다니는 불꽃의 새는 빠르긴 하다. 하지만 조금씩 그 속도에 익숙해졌기에 차례차례 마법을 맞춰 나갔다.

"이제 파악했어! ──《솔 레이》! 남은 건 다섯 마리!"

"후후후, 제가 방금 두 마리를 휩쓸었어요. 그러니 이제 세 마리 남았네요."

불꽃의 새가 줄어들자 보스를 돌아볼 여유가 생겼다.

그때 보스가 다시 불붙은 깃털을 날렸지만, 리레이가 만들어낸 불기둥이 그것들을 전부 태워버렸다.

"후후후, 위험하네요. 또 불붙은 깃털을 날리게 되면 불꽃의 새가 늘어나 버릴 거예요."

"그럼 슬슬 억지로 밀고나가 볼까."

"그래요. ──《프레임 서클》!"

리레이가 만들어낸 불꽃의 고리가 보스의 주위를 둘러쌌다. 리레이는 단숨에 그 고리를 조여서 그 중심에 폭발을 만들어냈다.

내성이 강한 속성 같은 것은 전혀 상관이 없을 정도로 매우 강한 화력을 지닌 공격을 맞은 보스 하이 크라이는 그대로 회전하며 떨어졌다.

나는 그 낙하지점으로 달려갔다.

떨어지고 있는 거대한 새에게 달려가려는 내 앞에 남아 있던 불꽃의 새 세 마리가 막아섰다.

"방해하지 마!"

나는 그중 한 마리를 베어내고 돌진했다.

자폭공격을 맞더라도 버틸 수 있다고 확신한 나는 속도를 늦추지 않았다.

두 번째, 세 번째 불꽃의 새가 나에게 돌진하던 와중에 내 뒤에서 날아든 화염구가 불꽃의 새들을 폭발시켰다.

"후후후, 미소녀의 여린 피부에 상처를 내지 말아주셨으면 하는데요."

나는 리레이의 원호공격을 보고 미소를 짓은 뒤 거대한 새를 향해 한 손 검을 들어 올렸다.

거대한 새가 허둥대며 날아오르려 했지만, 이미 늦었다.

"──《피프스 브레이커》!"

지금까지 하늘 위에서 편하게 공격해 왔던 상대에게 울분을 토해내려는 듯이 있는 힘껏 참격을 날렸다.

5연속 참격 아츠를 날려서 남아 있던 거대한 새의 HP를 단숨에 깎아냈다.

다섯 번째 참격으로 인해 거대한 새의 몸이 빛의 입자로 변했고 보스를 잡는데 성공했다. 그 뒤에는 보물상자가 하나 남았다.

"끝났다아! 그리고 지쳤어어~."

녹초가 된 나는 그 자리에 주저앉았다.

"후후후, 고생하셨어요. 스스로 회복하실 건가요?"

"귀찮으니까 포션을 쓸래."

윤 오빠가 만들어준 포션을 조금씩 마시면서 전투 때 입은 대미지를 회복시켰다. 그리고 남겨진 보물상자와 거대한 새의 둥지 안을 조사해서 지도를 채웠다.

확인해보니 루카와 다른 사람들이 미끄러져 떨어진 경로가 지도의 공백지대로 연결되어 있었기에 이 유적형 던전의 맵핑이 끝나게 되었다.

"지도가 완성되면 보너스가 있을 줄 알았는데, 아무것도 없었네."

"후후후, 하지만 특수한 방식으로 쓰러뜨려서 희귀한 장비가 나왔네요."

지쳐서 주저앉은 나 대신 보물상자를 연 리레이가 꺼낸 것은 노란색 깃털장식이 달린 붉은 머스킷 해트인 [열조의 모자]였다.

게시판의 정보에 따르면 평범하게 쓰러뜨렸을 경우 회색에 오렌지색 깃털 장식이 달린 [회혼의 모자]를 얻게 되고, 스테이터스는 같지만 추가효과로 붙어 있는 [화속성 내성]이 [회혼의 모자]는 (소)지만, [열조의 모자]는 (중)이라는 점이 다르다.

"특정한 방식으로 쓰러뜨리면 얻을 수 있는 아이템이네. 기간 한정 이벤트라서 검증이 부족하고 정보도 부족하니까 얻을 수 없는 경우도 있을 텐데, 운이 좋았네."

내가 리레이에게 그렇게 말을 걸면서 기력과 체력을 회복시키고 있자니 계단 아래쪽에서 뛰어올라오는 발소리가 여러 개 들렸다.

"뮤우 양! 리레이 양! 괜찮으신가요!"

"오오, 루카랑 다른 사람들이 왔구나. 고생했어~."

내가 주저앉은 채 손을 흔들자 무사히 보스를 쓰러뜨린 우리 모습을 보고 루카와 다른 사람들도 털썩 주저앉아버렸다.

"허억, 허억, 급하게 온 우리들의 고생은 대체."

"……지쳤어."

"이라믄 돌아올 필요가 없었잖어."

네 사람 모두 지친 모양이라 모두 함께 그 자리에서 약간 휴식을 취했다.

하지만 나와 리레이는 일어섰다.

"그럼 돌아갈까!"

긴 미끄럼틀을 단숨에 타고 내려가는 것은 어떤 기분일지 두근거렸다.

한편, 급하게 계단을 뛰어 올라온 루카와 다른 사람들은 다시 그것을 타고 내려간다는 생각을 하니 질린 표정을 지었다.

"자, 돌아가면 윤 언니한테 맛있는 간식을 만들어달라고 하자!"

"후후후, 그거 멋진 제안이네요. 그럼 돌아가죠."

내가 리레이와 손을 잡고 함께 계단 앞에 서자 계단의 층계가 사라지고 미끄럼틀로 변했다.

나와 리레이는 곧바로 미끄럼틀에 한 발짝 내딛은 다음 미끄러지기 시작했다.

""까아아아악——.""

우리는 미끄러져 내려가는 시원스러운 느낌과 바람을 느끼며 던전 바깥으로 다가갔다.

돌아보니 루카와 다른 사람들도 우리 뒤를 따라서 내려오고 있었다.

이벤트가 끝날 때까지 아직 시간이 있다. 즐길 수 있는 것은 아직 잔뜩 있을 테니 모두 함께 그걸 찾으러 가자.

8화 검증과 철수전

　여름의 캠프 이벤트 닷새째.

　우리는 베이스캠프에서 오늘 할 행동에 대해 이야기를 나누고 있었다.

　"다음에는 어떤 적을 쓰러뜨리러 갈 거야?"

　"나는 유니크 MOB을 사냥하고 싶은데."

　"아니, 좀 쉬면 안 된당가? 내는 하루 정도 느긋하게 지내고 싶은디."

　"후후후, 바캉스니까 하루 종일 미소녀들끼리만 지내는 것도 괜찮을 것 같네요."

　나와 히노는 팍팍 전투를 벌이면서 이벤트를 즐길 생각이었지만, 코하쿠와 리레이는 남은 시간이 촉박해지기 전에 숨을 돌리고 싶은 모양이었다.

　"어떻게 할까요? 전투, 휴식."

　"……저기. 새끼 동물하고 놀고 싶어요."

　루카가 곤란한 듯한 표정을 지으며 모두에게 묻자 쑥스럽다는 듯이 희망사항을 말한 토비.

　"그래요. 새끼 동물을 데리고 다니시는 분들도 늘었으니까요. 좀 만지게 해달라고 하면 즐겁겠죠."

　"음~. 그러고 보니 윤 언니네 일행의 새끼 동물 말고는 잘 모르네."

전투를 벌이는 데만 집중하다 보니 새끼 동물과는 거의 접촉하지 않았던 것 같다.

토비의 의견을 듣고 나는 모두의 반응을 보았다.

"그라제. 그냥 느긋하게 쉬는 것보다는 새끼 동물하고 노는 것이 유익할 거여. 그라고 새끼 동물은 여러 종류가 있는 모양이니께 구경하는 것도 즐겁지 않것어?"

"후후후, 저도 상관없어요. 아, 미소녀들이 새끼 동물을 둘러싸고 있는 구도를 즐길 수 있겠네요."

코하쿠는 기대된다는 듯이 눈을 가늘게 떴고, 리레이도 맞장구를 쳤다.

이때 토비, 코하쿠, 리레이가 새끼 동물과 놀면서 휴식한다는 것을 선택했다.

나는 아직 전투를 포기하지 않았기에 루카와 히노를 돌아보았지만⋯⋯.

"나도 토비 쪽 사람들한테 맞출게. 그렇게까지 유니크 MOB 사냥을 고집하는 건 아니니까."

의견을 뒤집은 히노. 남아 있던 나와 루카에게 시선이 모였고, 루카가 내게 물었다.

"어떻게 하시겠어요? 뮤우 양."

"그럼 루카는 어떻게 할 건데?"

"저도 새끼 동물에게는 관심이 좀 있네요."

수줍게 웃는 루카.

모두의 시선이 남아 있던 내게 쏠렸다.

"뮤우 양은 어떻게 할 거야?"

"뭐, 다수결이면 어쩔 수 없지. 나는 전투를 벌이는 게 좋긴 하지만……."

나도 새끼 동물에 흥미가 없는 것은 아니지만, 왠지 쓸데없는 고집을 부리며 필요 없는 말을 해버렸다.

"그라믄 뮤우만 혼자서 전투를 벌인다는 거제. 열심히 해보라고."

"얼른 오지 않으면 두고 갈 거야!"

내가 이상하게 고집을 부렸기 때문에 장난삼아 놀리는 코하쿠와 히노.

"으윽, 다들 두고 가지 마!"

"……뮤우 양. 이제야 왔네요."

새끼 동물과 놀자고 제안한 뒤 기대하고 있던 토비는 내가 따라붙자 기쁜 듯이 미소 지었다.

그런 다음 모두 함께 베이스캠프에 있던 새끼 동물과 파트너인 플레이어들이 모여 있는 곳으로 갔다.

"와아, 정말 여러 종류의 새끼 동물들이 있구나!"

"……그렇네요. 전부 다 귀여워요."

게시판에서 본 새끼 동물 스크린샷보다 더 사랑스러운 새끼 동물들이 그곳에 있었다.

"너희들도 새끼 동물을 보러 왔구나. 저쪽에 있는 아이들은 만져봐도 돼."

이곳을 맡고 있는 것 같은 플레이어가 새끼 동물을 만져

볼 수 있는 곳으로 안내해주었다.

"······귀엽네요. 아하하, 저한테 매달려 있어요."

토비가 뻗은 팔에 매달린 새끼 동물은 꼬리가 길고 털이 백은색인 새끼 원숭이와 손바닥 크기의 작은 박쥐였다.

털이 백은색인 새끼 원숭이는 두 손을 재주 좋게 움직여서 토비 팔에 매달린 채 기분 좋은 듯이 꼬리를 흔들고 있었다.

한편, 작은 박쥐는 날개를 열심히 파닥거리면서 코하쿠의 팔에 도착한 다음 거꾸로 매달려서 삼각형 모양의 귀를 움찔거리며 움직이고 있었다.

"우와, 새끼 원숭이하고 박쥐구나! 토비, 나도 만지게 해 줘!"

백은색 새끼 원숭이에게 흥미가 생긴 나는 토비의 팔에 매달려 있던 새끼 원숭이에게 손을 뻗었다.

"백은의 환수!"

내가 내뿜고 있던 호기심 왕성한 기척에 민감하게 반응한 새끼 원숭이는 내가 붙잡기도 전에 토비의 어깨를 타고 등 쪽으로 도망가 버렸다. 그리고 내가 토비의 등 쪽으로 돌아가자 이번에는 앞으로······.

"······저기."

나와 새끼 원숭이가 토비 주위를 빙글빙글 돌면서 술래잡기를 하게 되었다.

다음 순간. 내가 새끼 원숭이에게 뛰어들면서 껴안으려 하자 그 움직임에 맞춰서 뛰어오른 새끼 원숭이가 내 머리 위에 올라탔고, 곧바로 그곳을 발판으로 삼아 지면으로 뛰어내린 다음 파트너 플레이어가 있는 쪽으로 도망갔다.

나는 머리가 눌린 탓에 균형을 잃고 지면에 손을 짚어버렸다.

그리고 새끼 원숭이가 도망친 쪽을 보니 새끼 원숭이의 파트너인 플레이어와 토비가 이쪽을 걱정스러운 듯이 보고 있었다.

"──왜 껴안게 해주지 않는 거야!"

나는 땅에 손을 짚은 채 지면을 향해 큰 소리를 지르며 축 늘어졌다.

한편, 히노와 다른 사람들이 보고 있던 박쥐 쪽은──

"이 아이한테 먹을 걸 줘도 된당가?"

"그래. 이 박쥐는 과일을 좋아해."

그 말을 듣고 인벤토리에서 과일 계열 식재료 아이템을 꺼내 박쥐에게 준 코하쿠.

"귀엽네. 박쥐는 징그럽게 생겼을 줄 알았는디, 꽤 애교가 있고만."

코하쿠는 거꾸로 매달린 채 과일을 두 팔로 안고 깨물어 먹는 박쥐를 바라보고 있었다.

"오오, 이쪽 새끼 동물은 꽤 크네! 다 크면 나보다 더 커질 것 같아."

히노는 나와 토비, 코하쿠와는 달리 카피바라와 비슷하게 생긴 큰 쥐, 그리고 작은 하마와 놀고 있었다.

히노가 카피바라를 닮은 새끼 동물의 몸을 주무르는 듯이 마사지했고, 루카가 작은 하마의 머리를 쓰다듬고 있었다.

마사지를 해주니 기분이 좋았는지, 자기 시작한 카피바라. 그 옆에서 크게 하품하나 싶더니 누워서 마찬가지로 자기 시작한 작은 하마.

"왠지 신기하네요. 카피바라와 하마가 같이 있는 광경이라니."

"다 크면 더 커져서 타고 다닐 수도 있을까? 나는 그런 쪽에 흥미가 좀 있어."

히노가 한 말을 듣고 큰 설치류를 타고 평원을 달리는 모습을 상상해보니 즐거울 것 같다는 생각이 들었다.

새끼 원숭이가 도망치자 새끼 동물을 만지는 것을 포기한 나는 리레이와 함께 한 발짝 물러난 위치에서 새끼 동물과 다른 사람들을 바라보기로 했다.

내가 살며시 옆에 서 있던 리레이를 곁눈질로 보니, 리레이는 미간을 찌푸리고 인상을 쓰고 있었다.

"리레이? 왜 그렇게 인상을 쓰고 있어?"

"후후후, 미소녀들과 귀여운 새끼 동물들이 장난을 치는 모습을 즐기고 있다 보니 신경 쓰이는 게 있어서요."

"신경 쓰이는 거?"

"네―― 하마가 무는 힘은 1톤 이상. 지구상의 최강 생물이라고도 불리는 하마와 판타지 세계의 드래곤, 어느 쪽이 더 강할까요?"

"…………."

나는 처음에 리레이가 무슨 말을 하는 것인지 이해할 수 없었다. 하지만 점점 그 말을 이해하기 시작하니 새끼 하마를 보는 시선이 바뀌어버렸다.

"글쎄? 판타지 쪽 최강 생물은 드래곤이겠지만, 하마가 물면 악어의 비늘을 관통한다니까."

"후후후, 판타지 계열 최강 생물도 드래곤이 아니라 하마일 가능성도 있을지 모르겠네요."

나와 리레이가 진지하게 하마 최강설에 대해 이야기를 나누고 있었지만, 그 시선 끝에 있던 새끼 하마는 콧물방울을 부풀리면서 쿨쿨 자고 있었다.

그리고 그런 새끼 동물들과 즐겁게 장난치고 있던 루카와 다른 사람들이 미묘하게 당황한 듯한 눈초리로 우리를 보았다.

"뮤우 양…… 리레이……."

"아하하하, 미안해."

"후후후, 죄송해요."

귀여운 새끼 동물들을 보면서 그런 괴수대결전이 떠오를 만한 이야기를 했다는 것을 둘러대려는 듯이 미소를 지었다.

루카와 다른 사람들이 다시 새끼 동물들을 보려고 했을 때, 시끄러운 알람 소리가 머릿속에 울렸고, 안내방송이 흘러나왔다.

──긴급 퀘스트 [환수포식자와 환수사냥꾼 요격]이 모든 플레이어에게 발생했습니다.
지금부터 부유대륙 전역에서 퀘스트 종료까지 공투 페널티가 해제됩니다.

그것은 여름 캠프 이벤트 최대의 대형 보스 토벌 개시 신호였다.

●

안내방송 내용을 듣고 우리는 새끼 동물들과 노는 시간을 마친 뒤 베이스캠프 안에서도 실력이 뛰어난 플레이어들이 모인 곳으로 와 있었다.

"방금 긴급 퀘스트가 발령되었다! 지금 있는 플레이어들끼리 파티를 편성하고 전투를 벌일 수 있게끔 준비해! 그리고 후방지원반은 게시판에서 정보를 수집해. 단, 관심병자가 올린 가짜 정보를 조심하고!"

"미카즈치 씨!"

"아, 뮤우네 파티구나. 왜 그래?"

베이스캠프에 머무르고 있던 길드 [팔백만]의 길드 마스터인 미카즈치 씨에게 말을 걸었다.

우리가 오기 전에 실력이 뛰어난 플레이어들 몇 명을 중심으로 역할을 분담해서 효율 좋게 긴급 퀘스트의 내용을 파악하려던 참이었던 모양이다.

그런데 옆에 같은 길드 서브 마스터를 맡고 있는 세이 언니가 보이지 않았다.

"어라? 세이 언니는?"

"세이는 윤 아가씨, 그리고 대장장이인 마기하고 같이 소재를 수집하러 갔어. 바로 돌아온다고 연락이 왔다."

"그렇구나."

나는 안도의 한숨을 쉬면서 바빠 보이는 미카즈치 씨에게서 물러나 다시 주위를 보았다.

긴급 퀘스트의 보스 [환수포식자]와 [환수사냥꾼]에 대한 정보를 모으고 있는 플레이어와 필드에 나가 있는 플레이어들을 보호하고 베이스캠프 주변의 안전을 확보하려는 전투계 플레이어들이 모여 있었다.

그밖에도 생산직은 전투에 필요한 무기, 방어구 수리, 소모품 제작, 만복도를 회복시키는 요리를 준비하고 있었다.

그런 와중에 우리 파티는 어떻게 움직여야 할지 정하지 못해서 당황하고 있었다.

루카는 진지한 성격이라 할 수 있는 일이 없는지 찾아보며 돌아다니고 있었고, 토비는 벌집을 쑤신 듯이 어수선해진 분위기 때문에 위축된 상태였다.

주위에 있던 플레이어 중에는 바로 이런 긴급 퀘스트가 발생했을 때 적극적으로 행동에 나서는 플레이어도 있었다.

"첫 공투 페널티 해제다! 지금까지 잡지 못했던 유니크

MOB을 이번 기회에 잡으러 가자고!"

"파티 멤버 모집! 숫자가 너무 많아지면 집단으로 행동하는 것이 느려지니까, 정원 15명으로 임시 파티를 만들게요!"

"유니크 MOB 사냥 투어 호위해드립니다! 긴급 퀘스트의 적 MOB인 환수사냥꾼이 유니크 MOB을 잡는 것을 방해하지 못하게끔 대신 맡아드립니다. 보수는 별도로 상담하시고요."

"공투 페널티 해제를 이용한 레벨 업 계획 중입니다! 대상은 방어 레벨 업이에요! 번갈아가면서 공격을 계속 맞기만 하는 거니까 아이템을 얻을 예정은 없습니다."

상황을 잘 이용해서 효율 좋게 유니크 MOB 아이템 수집을 노리는 플레이어나 공투 페널티 해제를 이용한 집단 레벨 업 인원을 모집하는 플레이어. 그 모습을 보고 히노와 코하쿠가 쓴웃음을 지었다.

"참 대단하네. 사람들을 모아서 아이템을 모으거나 레벨을 올린다고. 그런데 잘 될까?"

"잘 되면 좋고, 안 되면 문제점을 개선해서 더 효율적으로 만드는 거 아니여?"

그런 집단에 금방 사람들이 모여서 차례차례 베이스캠프를 출발했다. 그 모습을 보면서 리레이가 내게 살며시 귓속말로 말했다.

"후후후, 우리는 어떻게 움직일까요?"

그렇게 묻는 리레이.

루카와 토비가 허둥대고 있으니 움직여봤자 좋은 결과가 나오지는 않을 테고, 지금 상황에서는 정보도 부족했기 때문에 나는 기다리는 것을 선택했다.

　"우선 간식을 먹을까?"

　내가 한 말을 듣고 루카와 다른 사람들은 눈을 동그랗게 떴지만, 아랑곳하지 않고 윤 오빠가 준 쿠키와 차를 사람들 앞에 꺼내놓았다.

　"뮤우 양, 그래도 되나요?"

　"루카와 토비는 첫 대규모 이벤트라 불안할지도 모르겠지만 마음을 편히 먹자. 어차피 금방 해야 할 일이 생길 테니까."

　내가 두 사람에게 과자를 권하자 당황해하면서도 근처에 있던 통나무 의자에 앉았다.

　히노와 코하쿠, 리레이도 상황을 파악할 수 있게 될 때까지 기다리기로 했다.

　그리고 간식을 먹던 동안 미카즈치 씨가 우리에게 말을 걸었다.

　"뮤우네 파티는 여기서 대기하고 있구나."

　"네. 뮤우 양이 간식을 먹자고 해서요."

　쿠키를 입에 물고 있어서 말하지 못하는 내 대신 루카가 미카즈치 씨와 이야기를 했다.

　"그거 마침 잘됐네. 그럼 보스 MOB 검증반에 참가해주면 안 될까?"

나는 입안에 있던 쿠키를 차를 마시며 삼킨 다음, 미카즈치 씨에게 되물었다.

"참가해도 상관은 없는데. 미카즈치 씨네 길드, [팔백만] 단독으로도 검증할 수 있지 않나?"

"원래는 말이지."

그는 그렇게 말한 다음 우리 근처에 앉아서 우리가 먹고 있던 쿠키 쪽으로 손을 뻗어 입에 넣은 다음 말하기 시작했다.

"긴급 퀘스트의 보스인 환수포식자의 숫자는 부유대륙 전체를 따지면 여섯 마리야. 아무리 그래도 우리 길드만으로는 전부 다 검증할 수 없지."

"이유는 그게 전부인가요?"

루카가 묻자, 미카즈치 씨가 다시 쿠키를 하나 들고 깨물었다. 그 옆에서 토비가 차를 건네자 미카즈치 씨는 작은 목소리로 고맙다는 인사를 했고, 차를 마신 뒤 계속 설명했다.

"다른 이유도 있지. 지금 우리 길드 멤버 중 실력이 뛰어난 플레이어들은 다른 곳에 나가 있는 상황이라 베이스캠프에 남아 있는 사람들은 생산직이나 길드의 중견 이하야. 그런 녀석들을 정보가 부족한 적과 맞서게 하는 건 너무 심하잖아?"

그 말을 듣자 미카즈치 씨가 우리들을 끌어들이려는 이유를 알 수 있었다.

"다시 말해 위험도가 높으니까 평범한 플레이어들이 아니라 우리들에게 부탁하는 거구나?"

"나는 그 정도로 너희 실력을 높이 평가하고 있는 거지."

"우리들에게 구체적으로 뭘 시킬 건데?"

단도직입적으로 묻자 미카즈치 씨는 기쁜 듯이 입가를 치켜 올렸다.

"보스의 약점이나 공격 패턴의 검증이야. 뮤우네 파티는 우리 길드에서 파견할 플레이어들하고 함께 행동하게 되겠지만."

그 말을 듣고 나는 루카와 다른 사람들을 보았다.

"저는 이 의뢰를 받아들이고 싶네요. 우리의 힘이 필요한 상황이니까요."

"……저도 받아들이고 싶어요."

"후후후, 괜찮지 않을까요? 다른 분들 의견을 따를게요."

루카와 토비가 고개를 힘껏 끄덕였고, 리레이는 미소를 지으며 우리 의견을 따른다고 했다.

히노와 코하쿠를 보니 현실적인 내용이 포함되어 있긴 하지만, 긍정적인 말을 들을 수 있었다.

"검증할 때 쓴 소모품을 보충해준다면 나도 받아들일래."

"내도 받아들이는 건 상관없는디, 끝난 다음에 보상 같은 걸 받을 수 있었으믄 좋것네."

그 말을 듣고 미카즈치 씨는 더욱 활짝 웃었다.

"소모품은 미리 어느 정도 줄 거고, 나중에 보충도 해줄 거야. 그리고 보상 말이지…… 우리 길드의 연회 참가권은 어때?"

"그건 항상 하던 거 아니여?"

코하쿠가 쓴웃음을 지으면서 태클을 걸자 다들 덩달아 웃었다.

모두의 의견이 정해지자 내가 미카즈치 씨에게 확실한 의사를 다시 표현했다.

"미카즈치 씨. 그 의뢰를 받아들일게! 우리의 최대 화력으로 보스 MOB의 위력정찰을 하고 올 테니까!"

"뮤우. 최대 화력이라면 격파잖아? 위력정찰은 실제로 교전을 벌이면서 상대방의 전력을 파악하는 거니까."

"자잘한 건 상관없어! 딱히 쓰러뜨릴 수 있을 것 같으면 쓰러뜨려도 문제는 없잖아?"

"뮤우, 안 돼. 그건 플래그여!"

내가 일부러 사망 플래그 같은 말을 하자, 코하쿠가 곧바로 태클을 걸었다.

"그래서, 우리는 언제 출발하는 건가요?"

"뮤우네 파티에게 달렸지. 장소는 남쪽 호수야."

우리는 서로 장비와 소지품 등을 확인해주고 출발하는데 문제가 없다는 것을 확인한 다음, 남쪽 호수 근처에 출현한 환수포식자를 향해 갔다.

도중에 할 수 있는 검증은 해나가자는 방침으로 졸개 MOB인 환수사냥꾼과도 싸우면서 나아가기로 했다.

"자, 어떻게 환수사냥꾼을 검증할까요?"

루카가 한 말을 듣고 나는 검증방법의 지침을 제시했다.

"그래. 우선 환수사냥꾼과 전투를 벌이는 모습을 동영상으로 찍어서 프렌드 통신으로 미카즈치 씨에게 보내 그걸 봐달라고 한 다음에 우리에게 검증해줬으면 하는 내용을 지시해달라고 하는 건 어떨까?"

우리 말고도 검증하기 위한 파티가 있을 것이다. 그러니 그런 파티들이 진행하는 검증작업과 쓸데없이 겹치지 않게끔 미카즈치 씨네 길드, [팔백만]에게 두뇌 역할을 맡기는 것이다.

"그렇네요. 그러는 게 좋을 것 같아요."

검증방법이 정해졌을 때, 척후로 앞서갔던 토비가 돌아왔다.

"……환수사냥꾼을 발견했어요."

"그럼 안내, 부탁할게."

우리는 토비의 안내를 받고 환수사냥꾼과 처음으로 마주쳤다.

"오, 저게 환수사냥꾼이구나. 디자인이 꽤 괜찮은데."

처음 본 환수사냥꾼의 모습은 고깃덩이로 만든 장식품처럼 생겼고, 뻥 뚫린 눈구멍과 크기가 각각 다르고 예리한 송곳니가 나 있었다.

"그럼 검증자료로 쓸 동영상을 찍으면서 가볍게 싸워볼까!"

나는 한 손 검을 겨누고 환수사냥꾼과 대치했다.

그런 내 행동에 반응한 환수사냥꾼은 예비동작도 없이 덮쳐왔다.

"윽?! 산개!"

우리는 루카가 소리친 것과 동시에 좌우로 뛰었다.

바스타드 소드를 비스듬하게 겨누어 방패로 삼은 루카는 환수사냥꾼이 크게 휘두른 팔을 막아냈다.

"크윽! 묵직하네, 요!"

다리의 움직임이 불안정해서 예측할 수 없는 짐승 같은 도약을 보여준 환수사냥꾼을 루카가 막아낸 바스타드 소드를 휘둘러 튕겨냈다.

고무공 같은 기세로 숲에 있던 나무에 부딪힌 환수사냥꾼은 지면에 스르륵 쓰러진 다음 다시 일어섰다.

"묵직하기만 하고 손맛이 느껴지지 않는 상대네요."

그렇게 일어났을 때 무방비한 틈을 타서 나와 토비가 공격했지만 전혀 반응이 없었다.

"──《델타 슬래시》!"

"──《백스탭》!"

환수사냥꾼의 머리 위에는 눈에 보이는 HP 바가 존재하지 않았고, 대미지를 입은 것 같지도 않은 적에게 위기감을 느낀 우리는 다시 거리를 벌렸다.

"대미지도 받지 않은 것 같아. 그리고 움직임의 완급 차이가 심하니까 대응하기 힘들 것 같고."

환수사냥꾼은 루카의 공격을 한쪽 팔로 막아냈지만, 베인 팔이 축 늘어졌다. 그런데 금방 그 절단면이 재생되기 시작했고, 팔이 금방 원래대로 돌아와 버렸다.

"물리 대미지가 잘 먹히지 않는 적은 마법이 잘 통하기 마련이제! 가자고! 리레이!"

"후후후, 저도 알고 있어요."

후위에서 지팡이를 들어 올린 리레이와 코하쿠가 마법을 동시에 날렸다.

"──《프레임 필러》!"

"──《리틀 토네이도》!"

두 사람이 날린 마법의 시너지 효과로 인해 생겨난 불기둥이 작은 소용돌이로 인해 화염으로 승화되어 환수사냥꾼을 집어삼키기 시작했다.

환수사냥꾼이 불꽃 속에서 큰 입을 벌리고 하늘을 올려다보는 모습이 보였다.

그리고 마법이 사라진 뒤 불꽃 속에서 모습을 드러낸 것은 온몸이 숯덩이로 변한 채 너덜너덜해진 환수사냥꾼이었다.

하지만 그렇게 숯덩이로 변한 부분이 떨어져 나가자 안쪽에서 살이 돋아나기 시작했다.

그때, 환수사냥꾼의 몸 안에서 눈 하나가 드러나 있다는 것을 눈치챘다. 마치 그곳이 중심부분이라는 듯이 그 주위에 있는 살의 재생속도가 매우 빨랐다.

"거기가 약점이구나! ──《임팩트》!"

히노가 뛰어가면서 큰 망치를 휘둘러 살이 조금 붙어 있던 그 눈을 박살냈다.

먼 곳에서도 눈이 짓눌리는 소리가 들린 것과 동시에 지금까지 전혀 손맛을 느낄 수 없었던 환수사냥꾼은 실이 끊어진 꼭두각시 인형처럼 쓰러졌고, 빛의 입자로 변해 사라졌다.

"어라? 맥이 빠지네."

숨통을 끊은 히노가 고개를 갸웃거리면서 중얼거렸고, 내가 예측한 것에 대해 말했다.

"이런 적은 HP가 없으니까 유일한 약점부위를 파괴하면 쓰러지는 타입 아닐까?"

이번 경우에는 보이는 부분은 어디를 공격해도 대미지를 입힐 수 없었고, 물리적인 상처도 금바 재생되었지만, 내부에 숨겨져 있던 눈을 파괴하니 간단히 쓰러뜨릴 수 있었다.

"역시 그 눈이 환수사냥꾼의 약점이었던 모양이네요. 그렇다면 관통성능이 뛰어난 공격이 효과적일지도 모르겠어요."

"그래. 그런데 환수사냥꾼의 눈이 같은 위치에 숨겨져 있을 거라는 보장은 없으니까. 우선 이 전투의 정보는 미카즈치 씨에게——."

나는 그렇게 말하다가 어떤 사실을 깨달았다.

"——검증 동영상을 찍는 걸 깜빡했어!"

무심코 곧바로 전투를 벌이는 바람에 나는 미카즈치 씨에게 보낼 검증 동영상을 찍지 않았다.

내가 다른 사람들을 보자 다들 고개를 저었다. 보아하니 아무도 찍지 않은 모양이었다.

"다음부터는 누가 촬영할지 정하고 나서 전투를 벌이도록 하죠."

다들 누군가가 찍어줄 거라 생각하고 있었기 때문에 결국 아무도 찍지 않았다는 사실을 깨닫고 머리를 감싸 쥐었지만, 루카는 쓴웃음을 지으면서도 다음 검증 작업을 위한 주의사항을 말했다.

그런 다음 차례대로 동영상을 찍는 역할을 맡아가며 환수사냥꾼을 쓰러뜨려 나갔다. 그러면서 우리는 환수사냥꾼의 약점이 몸속 어딘가에 숨겨져 있는 눈이라는 것을 확신하게 되었다.

●

남쪽 호수로 다가갈수록 환수사냥꾼과 마주치는 경우가 늘어났고, 전투를 벌일 때마다 그 동영상 정보를 미카즈치 씨 일행에게 보냈다.

그리고 우리는 마주친 환수사냥꾼과 전투를 벌일 때 독자적으로 효율 좋게 만들어 나갔다.

"하앗! ──《쇼크 임팩트》!"

루카가 바스타드 소드를 휘둘러서 환수사냥꾼의 온몸에 충격파를 퍼부었다. 그로 인해 환수사냥꾼이 몇 발짝 뒤로 물러났고, 오른쪽 옆구리를 감싸는 듯한 자세로 충격을 견뎌냈다.

나는 그 오른쪽 옆구리를 노렸다.

"거기다! ──《솔 레이》!"

왼손을 앞으로 내밀고 광속성 수렴광선 마법을 날렸다.

관통능력이 있는 공격마법이었기에 환수사냥꾼의 오른쪽 옆구리에 구멍이 뚫렸다.

그 구멍 안에 얇은 살로 덮여 있는 눈이 있다는 것을 확인했다.

"아깝네! 조금만 더 잘 맞췄으면 파괴할 수 있었을 텐데!"

"나한테 맡겨! 하앗!"

장미를 장창으로 바꾼 히노가 뛰어가는 것과 동시에 힘차게 오른쪽 옆구리에 뚫린 구멍을 찔렀다.

기세가 실린 히노의 지르기가 구멍 안으로 보이는 눈을 정확하게 파괴하여 환수사냥꾼을 쓰러뜨렸다.

"휴우, 운이 좋으면 두 번. 확실하게 쓰러뜨리려면 세 번 공격할 필요가 있네요."

"그렇네. 토비네 쪽은 어떠려나?"

동시에 나타난 환수사냥꾼 두 마리에게 대처하기 위해 우리는 파티를 둘로 나누어 싸우고 있었다.

한 마리는 나와 루카, 히노, 다른 한 마리는 토비와 코하쿠, 리레이가 맡았는데──.

"간다! ──《리틀 토네이도》!"

코하쿠가 바람마법으로 작은 소용돌이를 만들어내 그 안에 환수사냥꾼을 가두었다. 이번에는 리레이의 마법과 합치지 않고 단발로 발동시켰다.

소용돌이 안에서 휘몰아치는 무수히 많은 바람 칼날은 환수사냥꾼의 표면만 공격하는데 그쳤고, 몸 안에 숨겨져 있는 약점을 파괴하지는 못했다.

"……찾았습니다. 오른쪽 가슴이에요."

토비가 소용돌이 안에 있던 환수사냥꾼의 어떤 부분을 손가락으로 가리켰다.

"후후후, 그럼 갑니다. ──《버스트 랜스》!"

그 말을 듣고 매우 강한 화력을 선호하는 리레이가 신기하게도 관통 계열 불마법을 선택했다.

리레이가 머리 위로 만들어낸 불꽃의 창을 날렸고, 환수사냥꾼의 가슴에 그 창의 끄트머리가 꽂혔다.

토비가 가리킨 곳에서 약간 벗어나긴 했지만, 오른쪽 가슴 안쪽으로 파고든 불꽃의 창 끄트머리에 열량이 모여들어 폭발했다.

몸 안에서 폭발이 일어난 환수사냥꾼은 가슴부터 위쪽, 그 근처에 묻혀 있던 약점인 눈까지 통째로 날아가 버렸다.

"후후후, 별것 아니네요."

토비 일행의 전투 방식은 코하쿠의 다단 히트 계열 마법으로 적을 묶어두면서 토비가 가지고 있는 [발견] 센스를 통해 적의 몸속에 있는 약점의 위치를 탐지하는 것.

그리고 알아낸 장소를 토비가 리레이에게 알려주고, 리레이가 그곳에 관통과 폭발효과가 있는 불꽃의 창 마법을 때려 넣는 것이다.

"지금까지 마주친 환수사냥꾼의 약점인 눈의 위치는 제각각 다르지. 드러나 있는 개체도 있었고."

"그라제. 일단 이 전투 동영상도 보낼 거여."

내 말에 맞장구를 친 코하쿠는 찍었던 전투 동영상을 미카즈치 씨에게 보냈다.

혹시나 그 동영상을 통해 우리가 눈치채지 못했던 무언가를 발견해줄 지도 모른다.

"이제 곧 호수니까 마음을 단단히 먹고 가죠."

루카의 말을 듣고 느슨해질 뻔했던 마음을 다시 굳게 먹었다.

그때, 근처 수풀이 부스럭거리며 흔들렸다.

"……뭔가가 있어요!"

"후후후, 수풀에 숨을 수 있는 크기인 걸 보니 환수사냥꾼은 아닌 것 같네요."

"적인가? 아니면 아군?"

히노는 자연스러운 발걸음으로 수풀 쪽으로 다가가 창의 반대쪽 끝을 써서 수풀을 헤치며 들여다보았다.

루카는 그런 히노를 말리려고 손을 뻗었지만, 그 전에 히노가 뭔가 찾아낸 모양이라 살며시 손을 내렸다.

"다들 와봐!"

히노를 보니 적이 아니라는 것을 알 수 있었기에 우리도 근처로 달려가서 수풀 안쪽을 들여다보았다.

"이거 참, 귀여운 새끼 동물들이네."

수풀 안에 숨어 있었던 것의 정체는 새끼 동물들이었다. 환수사냥꾼에게서 도망치기 위해 이동해 온 건지, 혼자서는 껴안을 수도 없을 정도로 큰 새끼 거북이와 그 등껍질 위에 올라타 있는 길이 60센티미터 정도의 새끼 양서류가 있었다.

"……도롱뇽?"

토비가 한 말처럼, 표면이 매끈한 적갈색 물방울무늬가 있는 양서류는 도롱뇽과 비슷하게 생겼다. 평평한 몸과 둥근 발가락을 이용해 등껍질에 달라붙어 있는데 새끼 거북이의 걸음이 느리기에 떨어질 염려는 없는 것 같다.

"역시 새끼 동물은 귀엽네."

무슨 생각을 하는 것인지 알아볼 수 없는 표정을 짓고 있는 새끼 거북이와 새끼 도롱뇽이 목을 뻗어서 이쪽을 올려다보고 있었다.

"무슨 말인지 알겠어. 이 느슨한 표정에서 드는 느낌은 나도 마음에 들어."

나와 히노는 거북이와 도롱뇽을 보고 훈훈해졌다.

"지금은 새끼 동물을 신경 쓰고 있을 때가 아니에요. 이제 보스인 환수포식자가 코앞에 있을 테니까요."

"그렇지. 아쉽지만 우리는 가야 해. 안녕! 잘 지내!"

우리는 새끼 거북이, 그리고 그 등에 타고 있는 새끼 도롱뇽과 헤어졌다.

돌아보니 새끼 동물들도 다시 이동하기 시작하고 있었지

만 걸음이 너무 느려서 좀 걱정이 되었다. 우리는 무심코 멈춰서 바라보고 있다가 조금 멀어지자 마음을 다잡고 다시 남쪽 호수를 향해 가기 시작했다.

호수에 도착했을 때는 이미 미카즈치 씨가 말했던 검증반 플레이어들이 모여서 호숫가에 있는 거대한 살덩이를 연상케 하는 괴물을 올려다보고 있었다.

몸 전체에 수많은 눈이 달려 있었고, 본체에는 수많은 촉수가 달려 있었다.

"음~. 저 상태에서 어떻게 검증하는 걸까?"

"현장에 있는 사람에게 물어볼까요?"

나는 루카가 한 말을 듣고 고개를 끄덕인 다음 검증반 파티에게 말을 걸었다.

"실례합니다. 보스 검증을 도우러 온 사람이에요. 도와드릴 거 있나요?"

"미카즈치 씨에게 이야기는 들었어. 지금은 아직 회의 중이야."

"일단 저희가 할 수 있는 게 있을까요?"

"함부로 행동하다가 위험에 처하는 건 피하고 싶거든. 그렇지──."

검증반의 리더가 무언가를 확인하는 듯이 힐끔거리며 눈을 움직였고, 고개를 살짝 끄덕였다.

"──슬슬 시간이 되었으니 우선 환수포식자를 관찰해 볼까?"

그리고 환수포식자의 살덩이에 변화가 생겼다.

표면에 존재하던 수많은 눈에 검붉은 살덩이가 둘러싸는 듯이 부풀어 올랐고, 눈까지 통째로 본체에서 스르륵 떨어져 나와 수면에 첨벙첨벙 떨어졌다.

그리고 눈을 떼어낸 곳의 살덩이 안에서 새로운 눈이 생겼고, 호수에 떨어진 눈과 살덩이는 사람 형태로 변하여 환수사냥꾼이 되었다.

"방금 그거 봤지? 너희들은 환수포식자의 MOB 생성능력으로 만들어낼 수 있는 일정 시간 내의 환수사냥꾼 숫자를 조사해줬으면 좋겠어."

호숫가에서 육지로 올라온 신생 환수사냥꾼의 숫자를 세어야만 하기에, 지금은 일단 녀석을 내버려 두게 된다.

"으으윽, 눈앞에 적이 있는데 그냥 보기만 하다니, 너무 괴로워."

"검증하기 위해서잖아요. 세어보죠."

우리는 호숫가의 나무 위로 피해 숨은 채 환수사냥꾼들을 관찰했다.

그리고 높은 위치에서 찍은 환수사냥꾼의 스크린샷을 미카즈치 씨에게 보내 검증을 맡겼다.

그리고 환수포식자가 한 번에 생성하는 환수사냥꾼은 약 100마리라는 것이 판명되었다.

또한 생성된 환수사냥꾼 중 절반은 보스인 환수포식자를 지키고, 나머지 절반은 필드로 흩어졌다.

먼저 환수포식자를 관찰하고 있던 검증반의 정보에 따르면 MOB 생성능력을 쓸 때까지 약 한 시간 반이 걸리는 모양이었다.

그 전까지 검증반 사람들과 세세한 것까지 서로 맞추게 되었다.

보스인 환수포식자의 약점을 검증하기 위해 우리가 먼저 보스를 지키고 있는 환수사냥꾼을 해치워야만 한다.

"우선 환수사냥꾼들의 숫자를 줄인 다음에 보스에게 공격을 가한다."

무기를 겨눈 검증반 리더가 우리에게 그렇게 말을 걸었다.

"그밖에 조심해야 할 점이 있나요?"

루카가 묻자, 검증반 리더는 주의사항을 가르쳐주었다.

"적의 숫자가 많으니까, 일단 그 점을 조심해."

하긴, 숲에서 마주친 환수사냥꾼은 한두 마리, 많아봤자 세 마리였다. 그에 비해 눈앞에는 50마리 정도의 환수사냥꾼들이 보스를 지키고 있다.

"조금씩 깎아낼 수밖에 없겠지."

내가 한 말을 듣고 루카와 다른 사람들이 고개를 끄덕였다.

"그렇죠. 너무 위험한 방식으로 싸우고 싶지는 않으니까요."

그 말을 듣고 모두가 고개를 끄덕였다.

그런 다음, 검증반 플레이어들과 함께 환수사냥꾼의 숫자를 안전하게 줄이느라 꽤 많은 시간이 걸렸다.

"허억허억, 겨우 절반 이하로 줄였네."

중간에 사람들이 더 참가했지만, 그럼에도 불구하고 환수 사냥꾼의 숫자를 줄이는데 시간이 너무 오래 걸렸다.

생각 없이 연달아 전투를 벌이다 보면 MP 소모가 심해지기 때문에 적당히 휴식을 취한 결과, 환수포식자의 다음 MOB 생성시간까지 20분밖에 남지 않게 되었다.

"시간도 얼마 남지 않았고, 지금까지 싸웠던 것들 중 가장 위험하니까 각오 단단히 해!"

소리를 지르는 검증반의 리더. 그리고 모두가 고개를 끄덕였다.

"그렇지. 자, 어디부터 공격해볼까."

나는 한 손 검을 겨눈 채 환수포식자의 거대한 몸을 올려다보았다.

살덩이 표면에 달려 있는 수많은 눈 쪽으로 마법을 쏘았다.

"선수필승! ─《솔 레이》!"

군데군데 퍼져 있던 환수사냥꾼들이 내가 날린 공격을 가로막고 몸으로 환수포식자를 지켰다. 내 공격을 신호로 모두가 일제히 공격하기 시작했다.

환수사냥꾼에 비해 내구도가 높아서 그런지 그 일제공격으로는 환수포식자를 파괴할 수 없었다.

그때, 그 전까지는 MOB 생성능력만 사용하던 환수포식자가 움직이기 시작했다.

큰 입을 벌리고 포효하자 호수 수면이 떨렸고, 환수포식자의 몸에서 수많은 촉수가 뻗어 나오기 시작했다.

"오오, 징그러운 모습이 더 징그러워졌── 어이쿠."

움직이기 시작한 환수포식자가 우리를 노리고 수많은 촉수를 뻗었다. 몸을 비틀며 그것을 피한 뒤 한 손 검을 휘둘러 촉수 하나를 잘라냈다.

하지만 잘라낸 촉수의 단면이 부풀어 올랐고 새로운 촉수가 생겨났다.

"이거 끝이 없겠네요."

촉수를 뻗을 수 있는 거리에 한계가 있는 건지, 어떤 일정한 범위 안을 견제하려는 듯이 촉수를 휘두르는 환수포식자.

좀 전까지는 환수사냥꾼들이 몸을 날려 환수포식자를 지키고 있었는데, 환수포식자의 촉수가 움직이게 되자 본체에게 공격을 맞추는 것이 더 어려워졌다.

"이곳에 있는 모두가 원거리에서 공격마법을 날려서 적이 어떻게 반응하는지 보고 싶다. 다들 준비해줘!"

검증반 리더가 외치자 나와 코하쿠, 리레이가 다른 플레이어들과 함께 타이밍을 맞춰서 마법을 날렸다.

"──《솔 레이》!"

"──《퀵 블래스트》!"

"──《버스트 랜스》!"

수렴광선이, 보이지 않는 공기포가, 작렬하는 불꽃창이,

그밖에도 여러 플레이어들의 마법이 쇄도하자 그 공격을 떨쳐내기 위해 촉수의 숫자를 늘려 대응하는 환수포식자.

몸을 지키기 위해 전개한 촉수가 붕괴와 재생을 거듭하며 방어에 집중했다.

"대단하네, 방금 그 공격을 전부 막았어!"

"그렇네요. 아니, 뭔가가 와요!"

이쪽이 날린 마법의 일제공격을 맞고 너덜너덜해진 촉수가 재생되는 것과 동시에 환수포식자가 그 촉수 끄트머리를 플레이어가 있는 쪽으로 향했다.

"전원, 방어——!"

검증반 리더의 말이 끝나기도 전에 환수포식자의 촉수 끄트머리에 푸르스름한 빛이 모였고, 공격이 날아들었다.

백열광선 같은 공격이 바늘의 비처럼 플레이어들에게 쏟아져 내렸다.

"당할 순 없죠!"

루카가 우리 앞으로 나선 뒤 바스타드 소드를 비스듬히 겨누고 환수포식자의 백열광선을 막아낸 뒤 이를 악물고 버텼다.

"——《하이 힐》! 루카, 괜찮아?"

"괜찮아요. 보기에만 거창할 뿐, 대미지는 그렇게 크지 않으니까요."

루카가 갑자기 그렇게 행동한 것이 걱정이 되었지만, 실제로 HP는 3할도 깎이지 않은 것 같았다.

다른 플레이어들도 처음 보는 공격에 경계하고 있었지만, 거창하게 보이는 것에 비해 대미지가 그렇게까지 크지 않다는 것을 알고 안심하는 표정을 짓고 있었다.

"이쪽에서 마법공격을 가한 것으로 인해 반응해서 날린 공격인지 몇 번 시험해보자."

그런 다음 얼마 남지 않은 시간 동안에 공격을 거듭하여 드러나 있는 눈을 몇 개 파괴하는데 성공했지만, 큰 변화는 보이지 않았다.

그리고 MOB 생성시간이 되자 환수포식자의 드러나 있던 눈이 헤집어낸 듯이 호수로 떨어져서 환수사냥꾼으로 변했고, 눈이 빠져나간 곳에는 다시 그 안에서 새로운 눈이 나타났다.

"다른 환수포식자가 출현한 지역에서 검증한 것에 따르면 환수포식자는 남아 있는 눈의 숫자만큼 MOB을 생성하는 것과 동시에 눈의 숫자도 회복되는 모양이군."

중얼거리는 듯이 다른 현장에서 전달받은 검증 결과를 말한 검증반 리더에게 내가 물었다.

"그럼 실질적으로 한 시간 반 이내에 쓰러뜨려야만 한다는 거죠?"

"뭐, 그렇지. 하지만 강한 일격을 날리는 적은 아닌 것 같으니까. 좋아, 일단 철수하자!"

해도 지기 시작했고, 시야가 어두운 상황에서 검증하는 것은 피해야 하기에 철수하기 시작했다.

남쪽 호수에는 환수포식자를 계속 관측하기 위해 어두운 곳에 적응할 수 있는 플레이어들이 남았고, 우리는 베이스캠프로 귀환하기 시작했다.

"아, 직접 검으로 공격해서 손맛을 확인하고 싶었는데."

돌아가는 길에 내가 그렇게 중얼거리자 루카와 다른 사람들이 쓴웃음을 지었다.

"어쩔 수 없죠. 안전하고 효율적으로 검증하기 위해서니까요."

메뉴를 띄워보니 이벤트 전용 게시판에는 각지에 출현한 환수포식자의 검증 결과가 정리되어 있었다.

생성된 부하인 환수사냥꾼의 최대 숫자와 적의 각종 공격의 대미지 수치 산출, 그리고 아군이 가한 각종 공격을 통한 내성이나 약점 속성 유무 검증. 또한 무기로 직접 눈을 파괴했을 때의 반응 등, 내가 시험해보고 싶었던 것들이 있었다.

"으, 일단 나는 전위인데, 마법만 날려서 좀 불만이야."

"그러고 보니 뮤우 씨는 마법검사였죠. 깜빡하고 있었네요."

"루카?!"

"농담이에요. 그건 그렇고 어두워지기 전에 베이스캠프로 돌아갈까요?"

"그래. 일단 빛은 띄워둘게."

나는 어두워지기 전에 《라이트》 마법을 띄워서 주위의 조명을 확보한 뒤 숲속을 나아갔다.

저녁해가 점점 산 그늘 아래로 숨었고, 부유대륙 너머로 가라앉아가는 와중에 부유대륙 전역에 이변이 생겨났다.

『──키이이이이이이익!』

유리를 긁은 것처럼 불쾌한 소리가 멀리서 희미하게 들렸다. 소리가 난 방향을 보니 환수포식자가 있는 곳에서 울려 퍼지고 있는 것 같긴 했지만, 그 소리의 정체를 알 수가 없어서 다들 멈춰 섰다.

그리고 바로 정보가 전달되었다.

"다들 바로 베이스캠프로 철수해라! 환수사냥꾼들의 움직임에 변화가 생겼다! 설명은 달리면서 들어!"

환수포식자를 감시하고 있던 플레이어들의 연락에 따르면 해가 진 것과 동시에 환수포식자가 포효하기 시작했고, 근처에 있던 부하와 필드로 흩어졌던 환수사냥꾼들의 움직임이 활발해졌다고 한다.

구체적으로 말하자면, 낮에 환수사냥꾼들은 필드를 돌아다니다가 다가온 플레이어를 공격하기만 했지만, 밤이 되자 환수사냥꾼들이 돌아다니는 범위가 넓어졌고, 매우 호전적으로 변한 모양이었다.

"집단을 이루어 이동하고 있는 우리는 이동속도가 느리다. 그러니 환수사냥꾼들이 모여들기 전에 빠르게 철수한다."

검증반의 리더는 책임감 때문인지 가장 뒤쪽에 있던 우리의 페이스에 맞춰 같이 이동해주었다.

그런 와중에 바로 움직임이 빠른 환수사냥꾼들에게 들켜 버렸다.

"하악! 골치 아프네! 한 번에 몰려드니까 제각각 약점을 노리기가 힘들어!"

달려든 환수사냥꾼 한 마리를 베었지만 약점인 눈을 파괴할 수는 없었다. 그러자 다른 개체가 달려들어서 그것을 상대하던 동안 좀 전에 달려들었던 그 환수사냥꾼이 몸을 재생시킨 다음 다시 덤벼들었다.

한 마리씩 상대하면 문제가 없겠지만, 숫자와 기세를 내세워서 공격해대니 난이도가 매우 올라갔다.

"여러분, 등 뒤를 잡히지 마세요! 히노 양은 넉백 공격! 코하쿠와 리레이는 방어마법으로 벽을 만들어요! 토우토비양은 퇴로를 확보하고요!"

루카가 모두에게 정확한 지시를 내려 몰려든 환수사냥꾼들에게서 벗어나는데 성공했다.

그리고 환수사냥꾼들과의 거리가 어느 정도 멀어졌을 때, 적의 목표가 갑자기 다른 방향으로 바뀌었다.

"왜 적이 딴 곳으로 가는 거지?"

보통 이런 경우에는 도망칠 기회가 생겼다며 기뻐하겠지만, 왠지 이상한 느낌이 들어서 신경 쓰였다.

"적의 어그로 수치가 변한 이유가 있나? 모르겠네…… 좋았어, 살펴보러 가자!"

나는 그 호기심을 억누르지 못하고 우리와 다른 방향으로 가는 환수사냥꾼들을 쫓아가려 했다.

"……위험하긴 하지만, 저도 신경 쓰이네요."

"우리들끼리만 쫓아갈까?"

토비는 불안한 듯이 다른 방향으로 가는 환수사냥꾼을 바라보았고, 히노가 다른 사람들에게 물었다.

코하쿠와 리레이는 다른 사람들에게 맡긴다는 태도였기에 파티의 사령탑인 루카에게 시선이 쏠렸다.

"내버려 둘 수도 없으니 쫓아가죠."

곤란한 듯한 표정을 지으면서도 환수사냥꾼을 쫓아가기로 정한 루카.

돌아다니는 범위가 넓어지긴 했지만 속도와 능력치는 크게 변하지 않은 환수사냥꾼들을 추적하는 것은 간단했다. 하지만 추적해가다 보니 환수사냥꾼들의 숫자가 더욱 늘어났다.

잠시 후 우리는 환수사냥꾼들이 방향을 전환한 원인을 발견했다.

"아! 아직 이런 곳에 있었어?!"

남쪽 호수로 가다가 만난 새끼 거북이와 새끼 도롱뇽이었다.

느린 새끼 동물이었기에 낮에 숲을 빠져나가지 못하고 환수사냥꾼에게 들킨 모양이었다.

"환수사냥꾼들은 우선적으로 새끼 동물들을 공격하는 모양이네요. 그렇다면 환수사냥꾼들의 의식이 새끼 동물에게 쏠려 있는 틈을 타서 공격을 가하면 안전하게……."

"루카토! 느긋하게 분석하고 있을 때가 아니잖어! 뮤우!"

"나도 알아! 하앗!"

나는 코하쿠가 한 말을 듣고 뛰어나갔다. 그 기세를 살려 나무줄기를 박차고 크게 뛰어올라 가장 높은 위치에 도달했지만, 지금 뛴 것만으로는 환수사냥꾼들을 따라잡을 수 없었다.

"──《퀵 블래스트》!"

코하쿠가 바람마법으로 날린 눈에 보이지 않는 탄환을 공중에 있던 내 발치에서 폭발시켰다. 그 폭풍의 기세를 이용하여 공중에서 크게 도약한 뒤 환수사냥꾼들의 머리 위를 뛰어넘어 그 앞에 착지했다.

"하앗──《델타 슬래시》!"

빠르게 발동되는 아츠로 환수사냥꾼들을 공격하고 무릎 아래쪽을 베었다. 그 뒤를 이어 몸을 숙이고 달려나온 히노가 큰 망치를 환수사냥꾼의 머리에 걸고 지면에 쓰러뜨린 다음 다시 큰 망치를 들어 올려서 가슴 쪽을 박살 냈다. 그 일격으로 인해 오른쪽 가슴 주위가 함몰되었고, 그 공격에 함께 휘말려든 내부의 눈까지 뭉개져서 환수사냥꾼이 빛의 입자로 변해 사라졌다.

내가 다리를 벤 환수사냥꾼들은 두 다리를 재생시키고 다시 일어서기 시작했다. 그 틈을 타서 우리 모두가 새끼 동물 앞으로 파고들어와 환수사냥꾼들과 맞섰다.

"자, 이 애들은 어떻게 할까?"

"제일 좋은 건 베이스캠프로 데리고 가는 거겠죠."

하지만 이 새끼 동물들을 어떻게 데리고 가야 하는지, 그것이 문제다.

"저기, 어떻게 데리고 갈 거야?"

내가 다른 사람들에게 물은 것과 동시에 환수사냥꾼들이 덤벼들었기에 우리는 반격하면서 계속 이야기를 나눴다.

루카는 바스타드 소드를 방패삼아 적의 공격을 막으면서 새끼 동물 쪽을 보았다.

목을 뻗고 이쪽을 올려다보는 새끼 거북이와 새끼 도롱뇽은 습격당하고 있다는 것을 아는지 모르는지 표정이 전혀 변하지 않은 채 멍한 기색이었다.

자신들이 위기에 처했다는 것을 정말 알고는 있는지, 그런 생각이 드는 두 새끼 동물을 보호할 방법을 생각했지만……

"제일 빠른 건 껴안고 달려가는 거겠지만요……."

"아니아니, 그건 힘들제. 도롱뇽은 미끈거리고, 거북이는 무거워서 끌어안을 수도 없어야!"

모두의 생각을 대변해준 코하쿠.

도롱뇽의 표면은 습기를 유지하기 위해서인지 미끈거렸기 때문에 보기에는 귀여웠지만 만지는 건 좀 꺼려졌다.

그리고 새끼 거북이는 일단 무거울 것 같다. 우리 중에서 가장 ATK가 높은 히노라면 옮길 수 있을지도 모르겠지만,

우리가 지켜내지 못할 가능성이 크다.

"이대로 계속 여기에 남아서 적을 쓰러뜨리는 것도 현실
적이지 못할 테고요……."

"후후후, 구원을 요청하러 가는 게 제일 낫지 않을까요?
가는 김에 새끼 도롱뇽 한 마리는 데리고 갈 수 있겠죠."

그게 제일 현실적이다. 환수사냥꾼들이 더 모이기 시작해
서 이곳에 너무 오래 있으면 탈출할 수 없게 된다.

"새끼 도롱뇽을 안전하게 탈출시키기 위해서 전력을 많이
배분해야겠네요."

루카가 파티의 사령탑으로서 멤버를 뽑았다.

탈출 멤버로서 토비, 히노, 코하쿠, 리레이, 이렇게 네 명
이 새끼 도롱뇽을 데리고 가게 되었는데──.

"그런데, 누가 옮길 거죠?"

루카가 묻자, 히노와 다른 사람들이 서로 얼굴을 번갈아
보면서 쓴웃음을 지었다.

"나는 쫓아온 적을 떨쳐내야만 하니까 힘들 것 같은데."

히노는 겁난 표정을 지었고, 토비는 고개를 저으면서 미
끈거리는 것을 싫어하는 눈치를 보였다.

"그럼 리레이 양인가요?"

"후후후, 젓가락보다 무거운 것은 든 적이 없어서 힘이 되
어드릴 수 없겠네요."

이런 상황에서 아무렇지도 않게 거짓말을 하는 리레이를
모두가 째려보았지만, 리레이는 오히려 그 시선을 받고 몸

을 꿈틀대면서 기뻐했기에 한숨밖에 나오지 않았다.

결국 잠자코 있던 코하쿠의 인내심에 한계가 온 모양이었다.

"됐어! 내가 옮길 거니께!"

부채를 접고 품속에 넣은 뒤 거북이의 등에 올라타 있던 새끼 도롱뇽을 들어 올려 옆구리에 꼈다.

"가자!"

나와 루카는 남자다운 그 모습에 감동하면서 네 사람이 탈출하는 모습을 바라보며 남아 있던 새끼 거북이를 지키기 위해 서로 등을 맞대고 사각을 막았다.

"자, 다들 언제쯤 돌아올까요?"

"글쎄, 빨리 와도 20분 정도는 걸리지 않을까? 그래도 그전에 손을 써두자."

나는 씨익 웃으면서 메뉴에서 어떤 조작을 했다.

"자──, 조금만 더 기다려. 좋았어, 완료!"

내가 검을 들지 않은 손으로 메뉴를 조작하는 것을 방해하려는 것처럼 덤벼든 환수사냥꾼이 공격하자 윗몸을 젖혀 피한 뒤 검으로 슬쩍 베었다.

그런 다음 다시 돌아섰다.

"루카, 지금부터는 버티기 승부야! 큰 기술을 쓰는 건 금지라고."

"저도 알아요. 옵니다!"

나와 루카는 발동시킨 뒤 대기시간이 발생하는 스킬이나

아츠를 사용하는 것을 피하고 새끼 거북이를 지키면서 원군이 오기를 기다렸다.

방어를 중시하며 싸우는 방식은 오랜만이었기에 환수사냥꾼의 갈고리발톱에 몸 곳곳이 긁히긴 했지만, 그 대미지도 가지고 있던 포션을 아낌없이 쓰면서 회복시켜나갔다.

어디를 공격해도 재생되는 환수사냥꾼의 약점을 운 좋게 발견해서 쓰러뜨리더라도 그 빈틈에 파고드는 듯이 새로운 환수사냥꾼이 밀어닥쳤다.

점점 집중력이 떨어지고 서서히 후퇴하는 와중에 루카는 바스타드 소드를 방패처럼 들고만 있게 되었다.

"루카, 괜찮아?"

"괜찮── 뮤우 양, 왼쪽?!"

"어, ──꺄악?!"

낮은 위치에서 날아든 갈고리발톱이 내 손에서 한 손 검을 낚아채서 튕겨냈다.

나는 멀리 떨어진 한 손 검을 보고 지근거리에서 마법을 발동시켰다.

"──《솔 레이》!"

적의 몸 중심을 꿰뚫은 수렴광선이 운 좋게 몸 안에 숨겨져 있던 약점인 눈을 파괴했고, 환수사냥꾼은 빛의 입자로 변해 사라졌다.

하지만 그 뒤에서는 새로운 환수사냥꾼이 갈고리발톱을 들어 올린 채 뛰어드는 것이 보였다.

위험하다는 것을 느끼고 한 발짝 뒤로 물러나려 했지만 발치에 등껍질 안으로 다리를 집어넣고 있는 새끼 거북이가 있다는 것을 생각하니 물러날 수가 없었다.

대미지를 입을 각오를 하고 내 팔을 내밀어서 갈고리발톱을 막아내기 위해 오히려 앞으로 한 발짝 내딛었다.

그리고 날아든 갈고리발톱이── 중간에 잘려나갔다.

"뮤우, 용케 버텼구나."

귀에 익은 목소리가 들린 쪽을 보니 낯익은 사람들이 있었다.

"타쿠 씨!"

윤 오빠의 친구이자 소꿉친구인 타쿠 씨네 파티가 달려와 준 것이다.

나를 구하기 위해 타쿠씨가 참격을 날린 것 같은데, 환수사냥꾼은 그 공격만으로는 쓰러지지 않았고, 타쿠 씨가 있는 곳으로 달려들었다.

"에휴, 느긋하게 이야기 좀 하자."

타쿠 씨는 한숨을 쉬면서 장검 두 자루로 뻗어온 환수사냥꾼의 팔을 날라냈다.

잘린 단면이 바로 부풀어 오르기 시작했지만, 타쿠 씨는 재생이 끝나기도 전에 환수사냥꾼의 몸을 잘게 썰었다. 그럼에도 불구하고 핵인 눈을 중심으로 재생이 멈추지 않았고──.

"영차, 이걸로 끝이다."

타쿠 씨는 환수사냥꾼의 약점인 눈을 장검으로 찔러서 환수사냥꾼 한 마리를 해치웠다.

"흐아, 역시 대단하구나."

간츠 씨는 침투경 공격으로 내부에서 눈을 파괴했고, 케이 씨는 방패로 환수사냥꾼의 움직임을 막은 뒤 검으로 짓뭉개는 듯이 위에서 내리쳐서 두 동강 냈다.

후위인 미닛츠 씨와 마미 씨도 합세해서 이곳에 있던 환수사냥꾼들을 섬멸해나갔다.

잠시 후 주위에 있던 환수사냥꾼들이 전부 쓰러졌고, 우리만 남았다.

"환수사냥꾼을 소탕하다가 프렌드 통신을 받았는데, 늦지 않아서 다행이네."

"타쿠 씨, 구해줘서 고마워요."

"됐어. 그건 그렇고 이 새끼 동물을 이대로 내버려 둘 수는 없잖아. 간츠하고 케이, 부탁 좀 해도 될까?"

타쿠 씨의 말을 듣고 고개를 끄덕인 간츠 씨와 케이 씨.

나와 루카는 무거운 새끼 거북이를 옮기는 것을 간츠 씨와 케이 씨에게 부탁하고 베이스캠프로 돌아갔다.

새끼 도롱뇽을 데리고 중간에 탈출했던 히노 일행도 무사히 구하러 온 사람들과 합류해서 베이스캠프로 돌아간 모양이었다. 우리는 베이스캠프로 데리고 온 새끼 동물들을 다른 플레이어에게 맡기고 내일 다시 남쪽 호수에 있는 환수포식자의 토벌 작전에 참가하기 위해 일찌감치 쉬기로 했다.

●

　결과적으로 우리들의 검증한 결과까지 포함하여 환수포식자에 대한 유용한 데이터가 많이 모였고, 그것들이 많은 플레이어들에게 전달되어 각지의 환수포식자 토벌은 성공리에 끝났고 긴급 퀘스트는 달성되었다.

　그리고 여름 캠프 이벤트 마지막 날──.

[성적 (58/2396위)]

　이벤트가 끝난 뒤에 성적이 발표되었고 참가한 플레이어들이 한 행동이 수치화되어 순위가 매겨졌다.

　우리의 순위는 약 2400 파티 중 58위, 꽤 좋은 성적인 것 같지만 그럼에도 불구하고 더 위쪽을 노릴 수도 있었기에 분한 마음이 들었다.

　이벤트 초기에 식량 사정이 불안정했기 때문에 빠르게 치고 나가지 못했던 것이 크게 작용했었던 것 같다.

　"아~, 이제 곧 여름방학이 끝나버리겠네."

　"그렇네요."

　내가 중얼거리자 토비가 불안한 듯한 표정을 지었다.

　"……다른 분들과 만날 기회가 줄어들겠어요."

　그 모습을 보고 히노가 안심시키려는 듯이 미소를 지었다.

　"뭐, 우리는 학교를 가야 하니 어쩔 수 없지. 그래도 아예

못 만나는 건 아니잖아."

"그라제. 우리도 여름방학이 끝나면 학교를 가야 하니께."

코하쿠는 우울한 듯이 그렇게 중얼거린 다음 한숨을 쉬었다.

"후후후, 여름방학이 끝나가긴 하지만 아직 좀 여유가 있어요. 그 전까지 온 힘을 다해 놀아볼까요?"

리레이가 한 말을 듣고 모두가 고개를 끄덕이면서 이벤트의 여운에 젖어 있었다.

이벤트가 끝난 뒤 처리 과정이 차례차례 소화되었고, 새끼 동물과 계약하는 과정으로 접어들었다.

그리고 여름 캠프 이벤트의 새끼 동물들이 차례차례 진정한 모습을 드러내는 가운데——.

"그 새끼 도롱뇽은 샐러맨더였어."

"샐러맨더는 도마뱀이라는 이미지가 강하니까요."

어안이 벙벙해진 코하쿠와 쓴웃음을 짓는 루카.

그리고 다른 한 마리, 새끼 거북이는——.

"영귀라는 건 별로 들어본 적이 없는 단어지만, 봉래산은 유명하지."

"……카구야 공주 말인가요?"

"그래. 선인들이 사는 봉래산을 짊어지고 있는 거북이를 영귀라고 부르는 모양이니까, 분명 우리보다 더 커질 거야."

우리 중에서 가장 작은 히노보다 더 커진다고 하니 정말 커지긴 하는 걸까 하는 생각이 들었다.

마지막으로 리레이는 왠지 모르겠지만 혼자서 낙담하고 있었다.

"리레이, 왜 그래?"

"아뇨, 미소녀들을 좀 더 즐길 수 있지 않았을까, 그런 생각을 좀 하고 있었어요."

"니는 아직 그런 집착을 하고 있었던 거여?"

어이없다는 듯이 말하는 코하쿠를 보고 다들 웃음소리를 냈다.

그렇게 긴 것 같으면서도 짧았던 여름 캠프 이벤트는 끝이 났다.

하지만 얼마 남지 않은 우리의 여름방학은 계속된다.

9화　　소꿉친구와 달토끼

　여름 캠프 이벤트 때 농밀한 시간을 보내고 여름방학이 얼마 남지 않은 지금, 우리는 목표를 잃은 상태였다.

　"여름방학이 얼마 남지 않았는데…… 할 일을 정할 수가 없어!"

　내가 한 말대로 여름 캠프 이벤트 때 온 힘을 다 쏟았기 때문인지 의욕이 사라진 상태였다.

　매우 큰 문제인데…….

　"내가 저번에 맛있는 크레이프 노점을 찾아냈어. 나중에 모두 함께 가자."

　"……노점 말인가요? 그러고 보니 저번에 먹었던 노점 아이스크림이 맛있었죠."

　"그라제. 요즘에는 [요리] 센스가 수정되고 [만복도] 시스템이 업데이트 되었으니께 편하게 먹을 수 있는 노점이 많이 늘었고 말이여."

　"후후후, 그 크레이프 가게에 귀여운 여자애가 있으면 좋겠네요."

　히노와 다른 사람들이 느긋하게 새로운 노점 이야기를 하고 있었다.

　"으윽, 노점을 돌아다니면서 즐기고 싶기도 하지만, 왠지 답답해."

"뮤우 양, 진정하세요. 워워."

노점을 돌아다니고 싶기도 하지만, 그러기 전에 무언가를 하고 싶다, 해야만 한다는 생각이 드는데 그것이 무엇인지 확실하지 않아서 기분이 나빠진 채로 히노의 볼을 찌르고 있자니 루카가 나무랐다.

히노는 그런 나를 보면서 인벤토리에서 저번에 샀던 아이스크림 노점의 바닐라 아이스를 꺼내 먹으면서 대답했다.

"그러고 보니 여름 캠프 이벤트 때 타쿠 씨네 파티가 활약했었지."

"그거야!"

아이스를 먹던 히노가 한 말을 듣고 내가 소리를 지르자 깜짝 놀라 움찔하면서 먹던 아이스크림을 떨어뜨릴 뻔한 히노가 째려보았다.

"뮤우. 귓가에 큰 소리를 지르지 마. 아이스크림을 떨어뜨릴 뻔했잖아."

"어, 타쿠 씨 말이야! 타쿠 씨!"

"""—오타쿠?"""

내가 한 말을 듣고 루카와 다른 사람들이 다른 단어로 대답했다.

"오타쿠가 아니라 타쿠 씨! 나하고 세이 언니, 윤 언니의 소꿉친구!"

내가 대답하자 다들 누군지 생각난 모양이었다.

타쿠 씨와는 여름 캠프 이벤트 중간에 윤 오빠도 있었던 베이스캠프에서 합류했기 때문에 면식이 있었다. 하지만 이번 여름에는 깜빡하고 있었다.

"베타 버전 때는 그렇게 오랫동안 함께 놀았는데 타쿠 씨하고는 모험을 전혀 같이 가지 않았어!"

내가 대답하자, 히노가 납득했다는 듯이 말했다.

"아~, 그렇긴 하지. 나도 요즘에는 타쿠 씨네 파티 사람들하고는 느긋하게 이야기한 적이 없어."

타쿠 씨와 나름대로 오래 알고 지낸 나와 히노는 의욕을 보였다.

반대로 타쿠 씨네 파티 사람들과 관련이 별로 없는 토비와 다른 사람들의 반응은——.

"……저기, 만나러 가면 폐가 되지 않을까요? 저기, 일정이라든지…….."

"남자에게는 흥미가 없지만, 귀여운 여자분이 두 분 계셨죠. 그쪽 분들에게는 흥미가 있네요."

"리레이. 니는 또 그런 말을…… 뭐, 강한 파티하고 교류하는 건 흥미가 있긴 한디."

사람들에게서 부정적인 의견이 나오지 않았다는 것을 확인한 뒤, 타쿠 씨네 파티와 접촉하자는 결론이 내려졌다.

"지금 타쿠 씨에게 프렌드 통신으로 연락할게! 분명 여름방학이라 한가할 테니까."

"뮤우. 은근히 소꿉친구인 타쿠 씨한테 심한 말을 하는 거 아니여?"

흘겨보며 태클을 거는 코하쿠를 무시하면서 친구 일람에서 타쿠 씨가 로그인해 있다는 것을 확인하고 프렌드 통신을 연결했다.

"안녕하세요, 타쿠 씨. 지금 괜찮으신가요?"

『뮤우, 무슨 일이야? ……미안해, 잠깐만 기다려.』

타쿠 씨와 프렌드 통신이 연결되었고 파티끼리 교류하지 않겠냐고 제안하려던 차에 타쿠 씨가 기다려달라고 한 뒤 프렌드 통신 너머로 전투를 벌이는 소리가 들렸다.

보아하니 타이밍이 안 좋았는지 전투 중에 프렌드 통신을 연결해버린 모양이었다. 그건 좀 미안하다는 생각이 들었지만, 타쿠 씨는 금방 다시 돌아왔다.

『뮤우, 기다렸지? 그런데 무슨 일이야?』

"우리 파티하고 타쿠 씨네 파티끼리 교류하지 않을래요? 여름 캠프 이벤트 때는 정신이 없었으니까."

『잠깐만 기다려, 멤버들에게 물어보고 올게.』

타쿠 씨는 파티 멤버분들하고 이야기를 나누고 있는지 잠깐 침묵이 흘렀지만 금방 통신으로 돌아왔다.

『이쪽은 지금 당장이라도 상관없는데, 어떻게 할래?』

"그러면 만나요!"

『그럼 교회 앞 광장에서 만나면 될까?』

"알겠어요. 바로 다같이 갈게요!"

나는 프렌드 통신 너머로 딱 부러지게 경례를 한 다음 통신을 마쳤다. 타쿠 씨네 파티와 만나기로 한 장소를 정한 뒤 루카와 다른 사람들 쪽으로 돌아섰다.

"만나준대! 교회 앞 광장에서 만나기로 했으니깐, 가자!"

내가 그렇게 말하자 다들 고개를 끄덕였고, 만나기로 한 장소를 향해 걸어가기 시작했다.

그중에서 토비가 조용히 중얼거렸다.

"……저기, 상대방, 뮤우 양의 소꿉친구분의 파티는 어떤 분들인가요?"

이벤트 때 약간 접점이 있긴 했지만 이렇게 다시 만나게 된 상대방을 신경 쓰고 있던 토비에게 내가 타쿠 씨네 파티에 대해 알고 있는 것들을 말해주었다.

"음~. 내 의견이 많이 들어가 있을 텐데 괜찮을까?"

"……네. 아는 거하고 모르는 건 차이가 많이 날 테니까요."

"타쿠 씨네 파티 멤버 중에서 가르쳐줄 수 있는 건 두 명 정도겠지?"

베타 버전 때 플레이어로 참가했던 두 사람에 대해서는 이야기할 수 있었다.

"타쿠 씨네 파티 멤버인 간츠 씨는 OSO에서 드문 격투가야. 맨손으로 공격하고 속도를 중시해서 경장비를 걸치고 있어 사정거리가 짧고 방어력이 낮아서 다른 플레이어들하고 비교하면 불리한 점이 많거든. 하지만 간츠 씨는 피하면서 지근거리에서 위력이 큰 타격을 연속으로 때려 넣는 일종의 로망 스타일을 확립시켰어."

간츠 씨는 현재 로망형 센스를 구성한 상태지만, OSO 베타 버전을 시작했을 때는 비슷한 센스를 지닌 플레이어가 꽤 있었다. 하지만 정보가 모이자 다루기 쉽고 유리하게 진행할 수 있는 센스의 정석이 퍼지자 많은 격투가 플레이어들이 그쪽으로 전향했다. 그런 와중에 간츠 씨는 여러 마이너스 요소를 뛰어넘어 얼마 되지 않는 격투가의 장점——짧은 아츠의 대기시간을 살려 숨 돌릴 틈도 없이 연속 타격을 날려 연쇄 대미지로 상대를 박살 내는 스타일을 손에 넣었다.

간츠 씨는 나와 타쿠 씨, 히노와 함께 베타 버전 때부터 가끔 파티를 맺곤 했다. 그런 간츠 씨의 성격은 좀 가볍다고 해야 하나, 깊게 생각하지 않는 타입이었기 때문에 가끔 실수를 저질러서 실패할 때도 있지만 그럼에도 불구하고 실력이 뛰어난 플레이어 중 한 명이라 할 수 있다.

그리고 베타 버전 때부터 플레이해왔던 다른 한 명은 케이 씨다.

나는 베타 버전 때 직접 면식이 없었지만, 소문으로 그 실력에 대해 들은 적이 있었다.

간츠 씨와는 정반대로 중장비를 걸친 전사 솔로 플레이어다. 투박하고 푸르스름한 회색 갑옷에 카이트 실드, 내구도를 중시한 두꺼운 한 손 검을 장비했다.

겉으로 보기에는 화려하지 않고 평범하며 견실한 방어 위주의 센스 구성이고 많은 플레이어들에게 묻힐 것 같은 느낌이긴 하지만, 일부 플레이어들 사이에서는 주목받고 있었다.

격이 높은 적 MOB 상대로 내구전에서 승리한 이야기나 보스의 솔로 토벌, 플레이어 스킬을 구사하여 적 MOB의 공격에 대미지를 입지 않도록 대처한다고 했다.

마음만 먹으면 누구나 할 수 있다. 하지만 그렇게 수수한 플레이를 계속할 수 있는 사람은 별로 없다.

그리고 높은 방어력에만 의존하지 않고 여러 방향에서 날아드는 공격에 대한 대처, 공격을 흘리고 상대방의 자세를 무너뜨리는 패리 등, 방패를 이용한 고도의 플레이어 스킬도 지니고 있다.

그야말로 이상적인 탱커이고, 성격도 진지해서 인간관계에도 문제가 없다.

케이 씨의 플레이어 스킬이나 센스 구성으로 볼 때, 여러 사람이 참가하는 파티나 집단전투에 적합하기에 오히려 왜 솔로로만 활동하는지 의문이 드는 플레이어다.

어떤 파티가 동료로 삼을지, 어떤 길드가 멤버로 받게 될지, 아니면 직접 길드를 세우게 될지, 여러 억측이 오가던 와중에 베타 버전 때는 결코 그 누구와도 함께 다니지 않았던 플레이어다.

그런 플레이어를 타쿠 씨가 어떻게 자기 파티 멤버로 끌어들였는지 신경 쓰인다.

그밖에도 후위로 회복 담당인 미닛츠 씨와 대미지 딜러인 마미 씨가 있지만, 내게는 그 두 사람의 정보가 없기 때문에 아마 정식 버전 때 시작한 플레이어인 것 같다.

그렇게 말하고 나서 타쿠 씨네 파티에 대한 이야기를 마무리지었다.

우리는 마침 이야기가 끝날 때쯤 만나기로 한 장소인 교회에 도착했지만 타쿠 씨네 파티는 아직 오지 않은 모양이었다.

"……그런데 파티 리더인 타쿠 씨는 뮤우 양이 보기에 어떤 분인가요? 저기, 플레이 스타일 말고 성격 쪽요."

그때, 망설이면서 묻는 토비를 보고 플레이어들끼리 성격도 좀 알아둘 필요가 있다는 생각이 들었다.

"음~. 타쿠 씨는 게임을 좋아하는 게이머야."

"아, 그러니께 뮤우의 남자 버전이라는 느낌인 거여? 좀 안타까운 듯한 느낌 말이제."

"너, 너무해! 폐인이라는 공통점이 있긴 하지만, 나는 안타깝지 않거든!"

"무슨 염치로 그런 말을 하는 거여? 안타까운 미소녀 주제에."

내가 타쿠 씨의 성격에 대해 말하자, 코하쿠가 나를 안타깝다고 말했고, 그녀에게 따지니 째려보면서 말을 들어주지도 않았다.

"으윽, 코하쿠 너무해!"

"후후후, 그럼 제 품속에서 울어도 돼요."

두 팔을 벌리는 리레이. 나는 그쪽으로 달려가서——.

"으앙~, 토비!"

"……윽! 저, 저요?!"

"후후후, 무시당해버렸네요. 하지만 이 조합도 나쁘지 않아요."

팔을 크게 벌린 리레이를 무시하고 그 근처에 있던 토비에게 안긴 나. 갑작스러운 내 행동을 보고 당황하며 어떻게 하면 좋을지 모르며 내게 안겨 있는 토비. 무시당한 리레이는 그런 우리 모습을 보고 만족스러운 모양이었다.

"뮤우 양, 좀 진정하세요. 상대방이 언제 올지 모르니까요."

"루카, 타쿠 씨네 파티가 온 모양이야. 여기요~, 타쿠 씨!"

나는 사람들이 많은 광장에서 우리들을 알아볼 수 있게끔 살짝 뛰면서 손을 크게 흔들었다.

"뮤, 뮤우 양. 창피하잖아요!"

사람들이 많은 곳에서 눈에 띄는 행동을 하니 창피해 하는 루카가 말렸지만, 타쿠 씨네 파티도 나를 알아보았는지 손을 들고 다가왔다.

"오! 저쪽도 알아본 모양이야."

"그러니까 쓸데없이 눈에 띄는 짓은 하지 말아주세요!"

루카가 내게 잔소리를 하면서 다가오는 타쿠 씨네 파티를 보았다.

그리고 다시 만나게 된 타쿠 씨네 파티는──.

"……졌어."

"뮤우. 우리도 아직 성장하고 있으니까, 힘내자."

나는 금발 웨이브에 성직자풍인 여자 플레이어 미닛츠 씨를 보고 히노와 손을 잡았다.

미닛츠 씨는 시원스럽고 능력 있는 여자 같은 분위기를 풍기고 있었고, 가슴은 헐렁한 성직자풍 옷 너머로도 알아볼 수 있을 정도로 컸다.

실제로 만져보지는 않았지만, 보기에는 세이 언니보다야 작겠지만 마기 씨 정도는 될 것 같았다.

그런 이야기를 하고 있던 와중에 타쿠 씨네 파티 사람들이 다가와서 인사를 했다.

"여, 뮤우. 불러줘서 고마워."

"별말씀을요. 전투 중간에 프렌드 통신을 보내서 죄송해요."

"아니, 우리도 언젠가는 파티들끼리 교류를 하고 싶었으니까 마침 잘됐지."

나와 타쿠 씨가 나누는 이야기를 듣고 루카와 다른 사람들은 내 뒤에서——.

(폐인 게이머라고 들었는데, 꽤 평범하네요.)

루카가 한 말을 듣고 토비와 코하쿠가 셋이서 서로 마주보며 고개를 끄덕이고 있었다.

이미 타쿠 씨를 알고 있던 히노는 혼자서 쓴웃음을 지었고, 리레이는 타쿠 씨 뒤에 있던 후위 여성 플레이어 두 명에게 초점을 맞추고 있었다.

"뭐, 다시 자기소개를 할게. 나는 타쿠야. 플레이 스타일은 장검과 한 손 검을 쓰는 이도류 검사고."

"저는 루카토예요. 일단 검사와 이쪽 파티의 사령탑을 맡고 있어요. 오늘은 잘 부탁드리겠습니다."

루카가 공손히 인사하자 타쿠 씨가 다른 멤버들을 소개했다.

사전에 설명을 했던 간츠 씨와 케이 씨, 그 다음에는 삼각모자를 쓴 여자애가 자기소개를 했다.

"저기, 마미예요. 일단 마법사죠. 잘 부탁합니다."

고개를 꾸벅 숙인 그 여자애는 인상이 약간 소극적이긴 했지만 보호해주고 싶은 마음이 드는 여자애였다.

리레이는 당연하게도 그 누구보다 먼저 마미 씨 앞으로 다가갔다.

"후후후, 처음 뵙겠어요. 저는 리레이라고 해요. 같은 마법사들끼리 사이좋게 지내죠."

"네, 네! 잘 부탁합니다!"

자신의 욕망을 드러내지 않은 채 마미 씨에게 다가간 리레이. 아직은 억누르고 있지만 언제 뿜어져 나올지 모르기 때문에 주의 깊게 지켜보았다.

"그럼 마지막은 나구나. 파티의 힐러인 미닛츠야. 사용하는 마법은 빛마법과 회복마법이고. 뮤우네 파티가 만나러 와줘서 기뻐."

"후후후, 그렇네요. 저도 멋진 여성분과 이렇게 교류할 수 있게 되어서 기뻐요."

그렇게 말하면서 미소를 지은 미닛츠 씨에게 비슷한 대답을 한 리레이.

이상하네, 비슷한 말을 했는데도 불구하고 미닛츠 씨가 한 말에서는 같은 나이 또래나 후배들이 늘어나서 기뻐하는 순수한 언니 같은 느낌이 드는데, 리레이가 한 말에서는 사악한 감정밖에 느껴지지 않는다.

그렇게 타쿠 씨네 파티의 자기소개가 끝나자, 그다음에는 우리 파티의 나머지 멤버들이 자기소개를 하게 되었다.

자신의 전투 스타일 같은 것도 대충 소개해나갔다.

"그럼 루카와 토비, 코하쿠하고 리레이, 잘 부탁해. 그리고 뮤우하고 히노는 베타 버전 때부터 알고 지내긴 했지만 잘 부탁할게."

"간츠. 너무 가까이 다가갔어. 봐, 다들 경계하잖아!"

친근한 느낌으로 다가오는 간츠 씨를 보고 토비는 표정이 굳은 채 한 발짝 물러났고, 리레이는 쓰레기를 보는 것 같은 눈초리로 바라보았다. 그리고 동료인 미닛츠 씨가 가볍게 휘두른 메이스로 머리를 얻어맞았다.

"아파! 미닛츠! 머리 때리지 마! 머리가 나빠지잖아!"

"안심해. 이미 충분히 나쁘니까."

마치 우리 파티의 코하쿠와 리레이가 나누는 대화를 듣는 것 같아서 그런 모습만큼은 안심이 되었다.

"그럼 두 파티가 모였는데 어떻게 할까? 너희들은 뭔가 하고 싶은 거 있어?"

"우리가 갑자기 타쿠 씨를 만나고 싶다고 했는데, 그쪽은 원래 일정 같은 게 있지 않았어?"

"일정 말이지. 그렇게 중요한 일정은 아니니까 상관없거든. 다들 뭐 하고 싶은 거 있어?"

"저요저요저요~! 여자들하고 친목을 다지기 위해서 멤버를 섞자!"

"후후후, 그래요. 여자애들하고 친목을 다지는 것은 중요하죠."

어라? 비슷한 말을 했는데 간츠 씨와 리레이가 한 말에서도 다른 의미가 느껴졌다. 미닛츠 씨와 코하쿠가 관자놀이 근처를 짚은 다음 각각 두 사람을 조용히 시켰다.

그런 와중에 조심조심 손을 든 마미 씨.

"저기, 같은 계통 센스를 지닌 사람들끼리 같이 다녀보는 건 어떨까요? 서로 각자의 상황이나 센스를 사용하는 방식에서 새로운 발견을 하거나 자극을 받을 수도 있을 것 같아요."

"앗, 그거 재미있을 것 같은디. 그라믄 마법사인 내하고 리레이, 그쪽에서는 마미 씨, 그리고 미닛츠 씨까지 넷이서 이것저것 이야기를 할 수 있을 것 같은디 말이여."

마법사들은 서로 마법을 사용하는 법 등을 보여주기 위해 같이 다니기로 한 모양이었다.

"그럼 나는 케이 씨에게 방어하는 방법 등을 이것저것 배울 수 있을 것 같네요."

"……저, 저도 단단히 수비하는 사람을 보고 공부하고 싶어요."

"나한테 배울 건 없을 것 같은데."

"방어할 거면 공격할 수 있는 사람이 필요할 테니 나도 그쪽으로 들어갈게."

루카와 토비, 그리고 히노는 케이 씨와 함께 전사로서 훈련을 할 모양이었다.

남은 사람은 나, 타쿠 씨, 간츠 씨, 이렇게 셋이서 어느 쪽 훈련을 할지 정하지 못하고 있었다.

"우선 전사와 마법 훈련이라면――."

타쿠 씨는 훈련할 장소 후보를 몇 개 생각한 모양이었다.

"――제1의 마을에서 북동쪽에 있는 한정된 에리어에서 활동하게 될 텐데, 다들 괜찮겠어?"

타쿠 씨가 장소에 대해 말하자 그 장소를 알고 있던 사람들은 고개를 끄덕였고, 모르고 있던 루카가 북동쪽에 있는 에리어에 대해 물었다.

"죄송한데요. 북동쪽에 있는 에리어에는 뭐가 있나요?"

"조금 들어가면 비선공 MOB밖에 없는 숲 에리어가 있으니까 다른 사람들의 이목을 신경 쓰지 않고 훈련할 수 있는 장소거든."

"그렇군요. 알겠습니다."

루카도 납득하고 북동 에리어로 이동하기 시작했다.

두 파티, 열한 명이 이동하는 가운데 나는 생각했다.

"음~. 어떻게 하지."

"왜 그래?"

"루카 쪽 사람들이 할 전투훈련도 신경 쓰이고, 코하쿠 쪽 사람들이 할 마법훈련도 신경 쓰여서."

검과 마법, 양쪽 다 다루는 성기사로서 양쪽 훈련이 둘 다 신경 쓰였다.

어느 쪽에 참가할지 고민하고 있자니 타쿠 씨가 새로운 선택지를 제시했다.

"고민되면 나하고 같이 사냥이라도 할래?"

"사냥? 음~, 뭐 그것도 괜찮겠네. 대상은 뭔데요?"

"그래. 북동 에리어에서 노릴 만한 건 토끼 잡기 아닐까?"

"그거 매력적이네요."

내가 방긋 웃자, 타쿠 씨도 미소로 대답했다.

나는 타쿠 씨가 말한 토끼 잡기를 하기로 했다.

●

"토끼 잡기요? 꽤 귀여운 걸 하네요."

우리 이야기를 듣고 있었던 루카가 그렇게 중얼거렸다. 토끼 잡기가 무슨 뜻인지 알고 있는 타쿠 씨네 파티와 나, 그리고 히노는 루카의 반응을 보고 애매한 미소를 지었다.

"루카, 토끼 잡기라는 건 [달토끼]라는 유니크 MOB을 포획하는 걸 말하는 거야."

"……달토끼?"

167

고개를 갸웃거리고 있던 루카와 다른 사람들에게 타쿠 씨가 설명해주었다.

"달토끼는 비선공 MOB이고 공격을 맞추면 게임을 막 시작한 초보라도 기절시켜서 움직임을 멈출 수 있을 정도로 약한 MOB이거든."

달토끼는 꽤 약하다. 레벨을 올리는 데 적합한 적은 아니지만 당연히 붙잡을 만한 가치가 있다.

"우리가 노리는 건 달토끼의 희귀한 강화소재, [달토끼의 부적]을 얻는 거고."

"내는 공략사이트에서 그 아이템을 봤는디. 엄청 희귀한 강화소재고 [드랍 증가] 계열 추가 효과가 있지 않았당가?"

코하쿠는 아이템의 존재만은 알고 있었던 모양이었고, 타쿠 씨가 그 말에 맞장구를 쳤다.

"그래. 강화소재 [달토끼의 부적]의 추가 효과는 [드랍량 증가(소)]거든. 그게 있으면 아이템을 수집할 때 도움이 되지."

[드랍량 증가(소)]는 한 마리의 적에게서 드랍 아이템을 두 개 얻을 수 있게 되는 효과다. 보통 20퍼센트 정도의 확률로 두 번째 드랍이 발생한다.

그 덕분에 아이템을 수집하거나 희귀한 아이템의 드랍을 노릴 때는 큰 도움이 된다.

"아, 정겹군. 나는 결국 얻지 못해서 포기했었지."

타쿠 씨의 설명을 듣고 베타 버전부터 플레이해 왔던 플레이어 중 한 명인 케이 씨가 먼 산을 바라보며 중얼거렸다.

"저기요? 일격에 쓰러뜨릴 수 있을 정도로 약한데 얻지 못하다니……."

"약하긴 한데, 이동속도가 엄청나게 빨라."

"""아~, 그렇구나."""

루카와 토비, 코하쿠가 납득했다.

센스나 장비를 케이 씨처럼 짜면 아무리 애를 써도 달토끼를 따라잡을 수가 없다. 구체적으로 말하자면 일본의 고전 RPG에 나오는 금방 도망치는 외톨이 금속 슬라임을 방불케 하는 속도로 플레이어들을 우롱하는 것이다.

"나도 결국 사람들을 더 끌어들여서 쫓아다녀 봤지만 얻지 못했지. 그냥 정신없이 쫓아다니기만 하면 실패하니까."

간츠 씨가 뒤통수에 깍지를 끼고 자신의 체험담을 이야기해주었다. 나도 베타 버전 시절에 몇 번 도전한 적이 있었지만, 그때는 결국 얻을 수 없었다.

"뮤우 같은 사람들도 잡지 못했다니, 난이도가 얼마나 높은 거죠?"

"나는 물리와 마법의 밸런스형이니까. 나처럼 센스를 구성하면 달토끼를 따라잡기 위해서는 꽤 높은 레벨이 필요해."

"뭐, 레벨이 낮더라도 확실하게 연계해서 구석에 몰아넣으면 나와 뮤우가 잡을 수도 있을지 모르니까. 뮤우는 전부터 욕심냈었지? 나도 베타 버전 시절의 설욕을 하고 싶거든."

시원스럽게 웃으며 말한 타쿠 씨에게 나도 미소를 지으며 대답했다.

"그럼 가자! 렛츠, 토끼 잡기!"

내가 힘껏 팔을 들어 올리는 한편, 루카와 다른 사람들이 속삭이며 무슨 이야기를 하고 있었다.

(타쿠 씨가 저렇게 말하는 건 의도적인 걸까요?)

(⋯⋯바람둥이 같은 발언이네요. 그리고 뮤우 양은 그 말에 휘둘리지 않고요.)

(뮤우는 어린애니께. 근디 저런 건 못 쓰제. 착각하는 여자애가 있을지도 모르겠는디?)

루카와 다른 두 명이 속삭이며 이야기하고 있었지만 내 귀에는 들렸고, 타쿠 씨에게는 들리지 않았다.

"저게 타쿠 씨의 기본적인 스타일이거든. 어렸을 때부터 저런 느낌이었어."

내가 예전 시절을 떠올리며 대답하자, 마미 씨와 미닛츠 씨도 끼어들었다.

"플레이어들이 많이 있는 곳에 뛰어들어서 사이좋게 지내는 재능은 대단하죠. 저는 그런 거 못해요."

"저번에는 아무것도 모르는 초보 여자애를 구해주고 간단히 가르쳐주기도 했어. 그 애는 아마 저 사람에게 반했겠지."

우리가 여자애들끼리 나누는 대화로 신나 있던 동안, 리레이는 혼자서 타쿠 씨의 뒷모습을 원한이 담긴 눈초리로 노려보고 있었다.

"여자애들에게 인기가 많고 하렘을 만들 자질이 있다니,

참 부럽네요. 그리고 질투 나네요. 후후후후후······.”

"리레이. 기분 나쁘니께 진정해야. 자, 이쪽에 끼면 되잖어.”

코하쿠가 혼자서 타쿠 씨를 보고 있던 리레이의 손을 잡아당겨서 우리들 쪽으로 밀어 넣자, 금방 평소 때 리레이로 돌아왔다.

내가 타쿠 씨가 있는 쪽을 힐끔 살펴보니──.

"다행이네. 뮤우네 파티 사람들하고 마미, 미닛츠가 사이 좋게 지내서.”

그렇게 말하며 혼자 팔짱을 끼고 고개를 끄덕이는 타쿠 씨.

"······이야기의 내용은 언급하지 않는군. 뭐, 네 귀가 형편 좋게 들렸다 말았다 하는 건 예전부터 그랬지만.”

"젠장! 왜 너만 인기가 많은 거야! 이거라도 먹어라!”

"어, 뭐야? 공격 훈련이야? 좋아, 좀 더 파고들어 보라고.”

간츠 씨가 갑자기 타쿠 씨에게 덤벼들었지만, 기습 훈련이라고 착각하고 가볍게 피하는 타쿠 씨.

자신에게 호의를 전하는 말을 무시하는 편리한 귀는 건재한 모양이네, 그렇게 생각하면서 이동하며 벌인 걸즈 토크는 더욱 신나게 전개되었고 타쿠 씨의 화제에서 엇나가 연애이야기로 발전될 것 같은 느낌이었다.

"나들 귀여우니까 남자들이 대시하는 경우도 많지 않아? 자자, 언니한테 말해보렴.”

"네? 아니, 저기······”

미닛츠 씨가 루카에게서 재미있을 것 같은 이야기를 끌어내려 했다.

"미닛츠, 그러면 안 되지. 좀 진정해."

"아하하하, 미안해. 두 사람이 귀엽게 반응하니까."

하긴, 얼굴을 붉히며 부끄러워하는 루카는 귀여웠다. 근처에 있던 리레이는 이성을 잃고 루카를 덮치기 직전인 상태라 코하쿠가 부채로 몇 번이나 때리곤 했다.

그때 루카가 지지 않겠다며 반격에 나섰다.

"그럼 미닛츠 씨는 어때요? 남자가 대시하는 경우가 많지 않나요?"

"어?! 나, 나? ……그건, 저기…… 여자애가 대시하는 경우가 많은 것, 같은데?"

눈을 약간 굴리며 대답해준 말에 약간 슬픈 느낌이 섞여 있다는 기분이 들었다.

하긴, 언니라고 부르면서 따르는 사람이 있을지도 모르겠다. 실제로 리레이는 거친 콧김을 내쉬면서 미닛츠 씨를 껴안으려 했고, 코하쿠가 그녀의 등쪽 옷을 잡으며 막고 있었다.

"정말, 내 이야기는 상관없잖아! 아니, 다들 저걸 봐!"

노골적으로 화제를 돌리기 위해 먼 곳을 손가락으로 가리킨 미닛츠 씨. 이건 그건가? '저거 봐, UFO야' 같은 고전적인 건지도 모르겠다.

"그렇게 뻔히 보이는 수법은 안 통해요."

"아니라니까, 저거 토끼 아니야?!"

"네?"

정말 나와 타쿠 씨가 노리고 있는 달토끼인지 확인하기 위해 돌아섰다.

그러자 우리들이 떠드는 소리를 들은 타쿠 씨가 급하게 다가왔다. 여전히 게임 관련 이야기는 놓치지 않는 편리한 귀를 지니고 있다.

"토끼를 발견했다고? 어디 있어?"

"타쿠! 저쪽이야!"

미닛츠 씨가 손가락으로 가리킨 곳에서 하얀 털과 새빨간 눈을 지닌 토끼가 풀을 먹고 있는 모습을 확인할 수 있었다.

달토끼의 외모는 하얀 눈을 연상케 할 정도로 새하얗고 복슬복슬한 털에 피처럼 새빨간 눈, 그리고 몸보다 더 긴 귀를 지면에 쭉 펼치고 있는 것이 특징이다.

"……귀, 귀엽네요."

[발견] 센스를 가지고 있는 토비는 떨리는 목소리로 말하며 긴 귀가 달린 토끼의 귀여움에 푹 빠져 있었다.

채집 포인트에 있는 약초를 먹으면서 이동할 때마다 길게 늘어진 귀가 하늘로 둥실둥실 솟구치며 애교를 부렸다.

가끔 앞발로 얼굴을 비비는 동작이나 코끝을 움찔거리며 움직이는 모습이 귀여웠다.

"귀엽긴 하네요. 희귀한 아이템이 아니라도 붙잡고 싶어져요."

"펫으로 삼을 목적으로 잡으려다가 실패한 사람도 계속

있었으니까."

루카가 한 말을 듣고 히노가 베타 버전 시절을 떠올리며 중얼거렸다.

"후후후, 여자애가 좋아하는 귀엽고 작은 동물. 그것도 포획하기 힘든 생물! 다시 말해 저 토끼를 잡으면 여자애들이 몰려드는 거죠. 그리고 제 하렘이 생기는 거예요!"

앗싸, 리레이는 그렇게 말하는 듯한 느낌으로 눈을 크게 떴지만, 코하쿠는 그렇게 잘될 것 같냐는 느낌으로 의심쩍게 바라보고 있었다.

"좋아, 잡자!"

타쿠 씨가 바로 잡으려고 한 발짝 내딛었지만, 달토끼는 우리들이 있다는 것을 눈치챘는지 뒷다리로만 일어서서 경계했고, 그로 인해 수염이 빳빳해졌다.

"쳇, 눈치챘나! 뮤우, 가자!"

"알았어요!"

우리는 지면을 박차고 달토끼가 있는 쪽으로 뛰어가기 시작했다.

"한 방이라도 맞으면 좋겠는데! ──《델타 슬래시》!"

타쿠 씨보다 앞서 나간 나는 발동이 빠른 연속공격 아츠를 달토끼에게 날렸지만 달토끼는 강인한 각력을 이용하여 단숨에 내 공격범위 안에서 도망쳐버렸다. 하지만 그건 이미 예상한 바였다.

"놓칠 것 같냐! ──《소닉 엣지》!"

아츠를 발동시킨 다음 몸을 숙이는 듯이 주저앉은 내 뒤에서 타쿠 씨가 두 손으로 겨눈 장검 두 자루를 가로로 휘둘렀다.

노르스름한 빛을 만들어 낸 도신에서 날아간 두 개의 참격이 합쳐져 더욱 강한 진공파를 만들어냈고, 공중으로 도망친 달토끼에게 날아들었다.

공중에는 발판이 없기 때문에 도망칠 수 없다. ──그런 어설픈 생각은 베타 버전 시절에 이미 버렸다.

"아직 멀었어!"

나는 근처에 있던 나무줄기를 뛰어 올라가 [행동제한해제] 센스를 구사하여 3차원적인 움직임으로 공중을 향해 날아간 타쿠 씨의 진공파를 쫓아갔다.

그리고 달토끼는──.

"공중을 박찼어?!"

뒤에서 들린 누군가의 놀란 목소리. 그 목소리에 한순간 정신이 팔려버렸다.

공중에 있던 달토끼는 공기를 박차고 다시 한 번 높이 뛰어 타쿠 씨가 날린 진공파를 피했다. 나는 그럴 거라고 예상하고 추격할 생각이었지만, 정신이 팔린 순간에 달토끼가 공기를 한 번 더 박차고 추격타를 피해버렸다.

"크윽, 피할── 흐악?!"

피한 달토끼를 눈으로 바라보며 놓치지 않게끔 올려다보았지만 이번에는 달토끼가 바로 위쪽을 박차고 다른 궤도를 타며 내 머리 위로 떨어져 내렸다.

딱히 공격력은 없었기에 대미지를 입지는 않았지만, 머리 위로 꽤 빠르게 떨어져 내린 토끼가가 내 머리를 발판으로 삼고 다시 뛰었다.

"뮤우! 괜찮아?"

"타, 타쿠 씨. 쫓아가."

머리를 밟힌 탓에 자세가 무너져서 비틀거리는 듯이 착지했다. 내 레벨로는 아직 공중을 뛰어다니는 움직임은 불가능하지만 언젠가 달토끼처럼 자유자재로 뛰어다니고 싶다는 생각이 들었다.

"엇, 꺄아아악!"

"방금 그건 루카의 목소리지?!"

"파티가 있는 쪽으로 갔구나! 돌아가자!"

타쿠 씨와 함께 달토끼를 쫓아가며 다른 사람들이 있는 곳으로 뛰어간 우리가 본 것은──.

"잠깐, 무슨 짓을 하는 거예요!"

"꺄악?! 그만해야! 옷이 풀어지잖아!"

"……히익?! 엉덩이를?!"

"으앗, 내 머리장식을 걷어차지 마!"

"후후후, 보기 좋네요, 좋아."

이리저리 뛰어다니는 달토끼는 루카와 코하쿠의 발치를 뛰어다니면서 긴 귀로 치마를 들추기도 하고, 토비의 엉덩이와 히노의 티아라를 마찬가지로 긴 귀로 살짝 때리곤 했다.

리레이는 치마가 들춰져서 보일 듯 보이지 않는 상황을 즐기고 있었고, 간츠 씨도 헤벌쭉한 상태였다.

"타쿠 씨! 보면 안 돼!"

"으앗! 뮤우, 왜 그래?"

"간츠, 뭘 보고 있는 거야! ──《라이트》!"

나중에 쫓아온 타쿠 씨는 내가 두 손으로 눈을 가려서 루카와 다른 사람들을 보지 못하게 했다. 다른 한편, 미닛츠 씨가 얼빠진 표정을 짓고 있던 간츠 씨 앞에 강렬한 빛의 구슬을 날렸다.

"아아아아악! 눈이! 눈이!"

너무나도 강렬한 섬광으로 인해 그 자리에서 눈을 누르며 몸부림치는 간츠 씨. 몇 번 방향전환을 하기 위해 도망쳐 다니던 달토끼의 발판으로 이용당해서 이마에 작은 발자국이 나 있었다.

멈추지 않는 달토끼는 그다음에 마미 씨의 발치 쪽으로 달려갔다.

"어? 어?! 꺄악!"

마미 씨는 깜짝 놀라 엉덩방아를 찧어버렸다.

"마미! 이 녀석, 적당히 좀 해!"

그러자 화가 난 케이 씨는 묵직한 갑옷을 입은 채 예측과 순간적인 순발력만으로 달토끼가 도달할 지점으로 이동하여 위에서 내려치는 듯이 방패로 찍어서 지면에 짓누르려 했다.

"──《실드 배시》!"

방패가 지면을 두들긴 순간, 방패를 이용한 타격공격과 방어를 양립시키는 아츠를 지면에 있는 힘껏 때려 넣었고, 그 공격으로 인해 주위의 지면에 방사 형태로 거미집 모양의 금이 가서 지면이 부풀어 올랐다.

둔탁하게 울리는 소리가 주위로 퍼졌다.

"""………."""

방금 전까지 시끄럽게 떠들고 있던 사람들도 케이 씨가 만들어낸 포격과도 같은 소리를 듣고 말문이 막혔다.

"저기, 뮤우. 어떻게 된 거야?"

"어? 아! 죄송해요!"

허둥대며 타쿠 씨의 눈을 가리고 있던 손을 거두고 나서 다시 케이 씨가 만들어낸 상황을 확인했다.

지면을 강하게 내려친 방패가 달토끼를 잡아냈을 거라 생각했다. 하지만 케이 씨는 여전히 미간을 찌푸린 표정을 짓고 있었다.

"놓쳤나."

천천히 방패를 다시 들어 올린 다음 여전히 주저앉아 있던 마미 씨에게 손을 내밀어서 일으켜 세웠다.

방사 형태로 뻗어나가 갈라진 곳 중심에는 아무것도 없었다. 방금 그 일격을 멋지게 피한 달토끼는 다시 숲 어딘가로 숨었을 것이다.

"첫 번째 포획은 실패구나. 뭐 어쩔 수 없지."

타쿠 씨는 그렇게 말하면서 다른 사람들이 진정되기를 기다렸다.

"달토끼하고 접촉해보니 어때?"

타쿠 씨가 별다른 생각 없이 던진 질문에 우리는 씁쓸한 표정을 지었다.

"머리를 밟혔어."

"치마를 들췄어요. 정신적인 대미지가 크네요."

"……성희롱을 당했어요."

"나는 티아라가 비뚤어졌어."

"내는 옷이 흐트러져서 최악이여."

"후후후, 최고였네요. 다시 보고 싶어요."

리레이가 그렇게 말하자, 코하쿠가 째려보았다. 그러자 그녀는 실례했다며 입을 다물어버렸다.

"눈으로는 볼 수 있긴 했지만 몸이 반응하지 않았어요. 정말 그걸 잡을 수가 있긴 한 걸까요?"

자신 없다는 듯이 힘없는 표정을 짓는 루카와는 다르게 코하쿠와 히노가 왠지 모르겠지만 투지를 불태우고 있었다.

"당하기만 할 수는 없제! 반드시 잡을 거여!"

"그래! 나도 할 때는 하니까!"

의욕을 보이는 두 사람을 보고 타쿠 씨가 흥미롭다는 듯이 눈썹을 치켜 올렸다.

"뭐야? 마법 팀하고 전사 팀도 달토끼를 잡을 생각이 생긴 거야?"

"그래. 마법사가 네 명이나 있으니 토끼 포획용 합체 마법 같은 걸 만들 수 있겠어."

"……제가 토끼를 몰아넣고 루카토 양, 히노 양, 케이 씨가 포위하는 작전은 어떨까요?"

"기본적으로는 그렇게 하고, 더 세밀한 움직임을 정하자."

각자 작전과 아이디어를 내기 시작했다. 그것도 나름대로 즐거웠지만 약간 부족하다는 생각이 든 나는 어떤 아이디어를 제안했다.

"그래도 그러는 것만으로는 재미없잖아. 그래! 가장 먼저 토끼를 잡은 팀에게 다른 팀이 무리하지 않는 범위 내에서 소원을 들어주는 건 어때?"

내 말을 듣고 모두의 움직임이 멎었다.

지금은 마침 마법팀, 전사팀이라는 느낌으로 나뉜 상태다.

다들 이긴 팀의 소원을 들어준다는 말을 이해하고 조용히 투지를 불태웠다.

그렇게 의욕 넘치는 모습을 보고 만족스러운 듯이 웃는 나와 타쿠 씨. 대전은 역시 온 힘을 다해서 승부를 내야 재미있는 법이다.

"각자 뮤우네 파티 멤버를 부탁할게. 나는 뮤우하고 좀 더 토끼를 쫓아다닐 테니까."

타쿠 씨가 자기 파티 멤버들에게 그렇게 말했다.

"다녀와. 하지만 우리의 마법으로 잡을 거야."

미닛츠 씨가 타쿠 씨가 한 말을 듣고 도발적인 말을 하자 타쿠 씨도 더욱 의욕을 보였다.

"그럼 도망친 토끼를 쫓아가 볼까!"

"그래요. 이번에야말로 잡겠어요!"

우리는 마법 팀과 전사 팀 사람들과 헤어진 뒤 숲속으로 들어가 토끼를 추적했다.

그 자리에 남아 있던 두 팀도 각자 다른 곳으로 이동해서 작전을 짤 것이다.

그리고 우리가 떠난 뒤, 섬광으로 인해 눈에 입은 대미지가 회복된 간츠 씨가 혼자──.

"다들 나를 두고 가다니, 너무 하잖아? 뭐, 나는 혼자서 잡아볼까?"

아무도 없는 곳에서 작은 목소리가 울렸다.

●

다들 각자 잘하는 분야를 이용해 달토끼를 몰아넣는 작전을 짜고 있을 때, 나와 타쿠 씨는 다른 사람들보다 앞서나가며 달토끼를 잡기 위해 숲속을 탐색하고 있었다.

"자, 의기양양하게 숲속으로 들어오긴 했는데요, 타쿠 씨가 생각한 작전 같은 게 있나요?"

"그래. 좀 전에 뮤우에게 대처한 움직임을 보고 새삼 느낀 거지만, 공중으로 도망치면 대처할 방법이 없어. 지상에 있을 때 재빨리 결판을 내야겠지."

그렇게 되면 포지션은…….

"제가 나무 위에서 기습하고 그 타이밍에 타쿠 씨가 접근하는 건가요?"

"그래. 그 이후로는 최대한 범위가 넓은 공격으로 녀석의 이동범위를 좁히는 게 이상적이겠지."

그렇다면 발동이 빠르고 범위가 넓은 빛마법 《라이트 웨이브》가 효과적일 것 같다.

"그런데 설마 모두 함께 토끼 잡기를 할 줄은 몰랐네. 루카나 다른 사람들은 어떤 방법으로 토끼를 잡으려고 하려나."

우리의 센스로는 불가능하고 기발한 방법이나 꼼수를 써서 잡을지도 모른다. 혹시나 그런 방법 중에서 안정적인 포획 방법이 생겨날 지도 모른다.

그런 생각을 하기만 해도 두근거리긴 하지만──.

"다른 사람들에게는 질 수 없지! 우리가 반드시 제일 먼저 잡을 거야."

"그래, 그런 마음가짐으로 잡아야지! ──하지만 찾아낼 때까지는 느긋하게 가볼까?"

나도 그렇고 타쿠 씨도 적 MOB을 쓰러뜨리는 것을 목표로 센스를 구성했기 때문에 막상 토끼를 찾으려고 하니 시간이 오래 걸릴 것 같았다.

"그냥 아무렇게나 찾아봤자 발견할 수 있을 것 같지는 않은데……."

"그렇죠. 아니, 타쿠 씨. 왜 그래요?"

멈춰 서서 지면을 확인하고 있는 타쿠 씨. 그곳은 이미 아이템을 채집한 채집 포인트였다.

"저기, 뮤우. 이 근처는 채집 포인트의 반응이 적은 것 같지 않아?"

"그렇다기보다는 채집 포인트에서 아이템이 전부 다 채집된 것 같은데요? 혹시 [달토끼]가 약초를 먹은 건가?"

그러고 보니 우리가 처음 발견했을 때 채집 포인트에 있는 약초를 먹고 있었다. 그렇다면 이렇게 채집된 채집 포인트를 쫓아가면 토끼를 찾아낼 수 있지 않을까······.

"좋아, 찾아보자!"

나는 달토끼를 찾기 위해 주변을 걸어 다니기 시작했다.

채집 포인트가 부활될 때까지 남은 시간을 생각하면 근처에 있을지도 모른다.

그렇게 생각하고 찾아다니다 보니──.

"저 수풀이 수상한데. 뮤우, 너는 나무 위에서 대기해줘."

"알았어요."

나는 [행동제한해제] 센스를 구사하여 나무줄기를 박차고 올라가 주위 나무보다 큰 나무줄기에 착지했다.

그곳에서 수풀을 확인해보니 달토끼를 찾아낼 수 있었다.

"타쿠 씨, 있어요. 아직 눈치채지 못한 것 같아요."

"정말? 타이밍을 맞춰서 공격하자!"

나와 타쿠 씨는 토끼에게 들키지 않게끔 조용히 거리를 좁힌 다음 타쿠 씨가 지상에서, 내가 나무 위에서 기습할 타이밍을 노렸다.

그리고──.

"하아앗──《라이트 웨이브》!"

나는 토끼가 공중으로 뛰어오르지 못하게 만들기 위해서 토끼 위쪽을 가로막는 듯이 범위가 넓은 빛마법을 발동시키며 낙하의 기세를 이용해 검을 휘둘렀다.

내 습격을 눈치챈 토끼가 허둥대며 반대반향으로 도망치려 했지만, 타쿠 씨가 그쪽을 가로막는 듯이 뛰어나와 검을 겨누었다.

이제 협공 상황, 위쪽은 가로 막혔고 좌우로 도망칠 수밖에 없다. 오른쪽으로 도망치면 타쿠 씨의 《소닉 엣지》가 날아들 것이고, 왼쪽으로 도망치면 내 《솔 레이》의 수렴광선이 토끼를 노릴 것이다.

하지만 간발의 차이로 수렴광선에서 벗어난 토끼는 곧바로 숲속을 향해 달려갔다.

"으윽! 아깝다! 거의 다 잡았는데!"

"그래. 하지만 약간 부족한 느낌이 들어."

"그렇죠. 이 작전으로 공격하면 괜찮은 선까지는 갈 수 있겠지만 아마 성공할 확률은 낮을 테니까요. 어떻게 하지……, 근데 이건 뭐죠?"

숲 바깥쪽에서 흘러들어온 하얀 안개가 발치에 퍼져 나갔다.

나와 타쿠 씨는 이변이 일어났다는 것을 느끼고 서로 등을 맞댄 채 경계했다. 하얀 안개는 점점 짙어졌고, 우리 무릎까지 올라왔다.

그것이 닿자 감촉을 통해 그 정체를 눈치챘다.

"이거…… 안개? 그런데 왜 이렇게 넓게 낀 건데!"

"이거 화속성과 수속성, 그리고 풍속성, 광속성의 혼성 마법인가? 참 규모가 크네."

타쿠 씨가 감탄한 듯이 중얼거렸고, 나는 피부에 달라붙는 습기 때문에 짜증이 났다.

"마법사 네 사람이 쓸 수 있는 속성마법을 합친 결과, 이렇게 되었을지도 모르지. 숲 전체에 효과가 약한 마법을 날려서 달토끼에게 대미지를 입힌 다음 쓰러지면 포획하려는 작전 아닐까? 뭐, 혼성마법이 실패해서 대미지를 입히지 않는 광범위 안개 마법이 된 모양이지만."

수속성 마법이 화속성, 광속성의 혼성마법으로 인해 대량의 뜨거운 수증기를 만들어냈고, 그것이 바람을 타고 숲 전체에 퍼졌지만 중간에 열량을 잃고 안개만 숲 전체에 퍼진 것 같았다.

"타쿠 씨! 느긋하게 그런 말을 하고 있을 때가 아니에요! 이제 발치를 확인하기도 힘들어졌잖아요!"

나는 타쿠 씨에게 소리쳤지만 그는 오히려 나를 달랬다.

"발치가 보이지 않는 상황에서는 뮤우하고 마찬가지로 나무를 타고 이동하면 되잖아."

"타쿠 씨…… 제 [행동제한해제] 같은 센스를 가지고 있나요?"

"뭐, 없어도 어느 정도는 할 수 있지 않을까?"

나는 그렇게 말한 다음 함정을 조심하면서 나무를 뛰어올라갔고, 타쿠 씨도 다른 나무줄기로 뛰어올라 갔다.

"괜찮아요?"

"그래, 할 수 있을 것 같아."

그는 그렇게 말한 뒤 다음 발판이 될 만한 나뭇가지로 넘어가며 이동하기 시작했다.

나는 타쿠 씨가 나처럼 [행동제한해제]의 보조 없이 나무를 타고 이동할 수 있다는 사실에 놀라면서도 그 뒤를 따라 나아갔다.

"이렇게 안개가 껴 있으니 달토끼를 찾을 수가 없겠네."

"그렇지도 않아요."

그렇게 말하며 나뭇가지 위에서 안개가 피어오르고 있는 나무들을 바라보고 있던 타쿠 씨에게 내가 어떤 지점을 손가락으로 가리켰다.

그곳에서는 안개의 흐름이 직선적으로 발생하고 있었다.

천천히 흐르는 안개 속에서 부자연스럽게 빠르고 작은 흐름은 달토끼가 뛰어가는 움직임과 딱 들어맞았다.

"찾아내지 못하더라도 흔적은 확실히 남아 있네요."

"그럼 추적해야지!"

나와 타쿠 씨는 나뭇가지를 건너가면서 빠른 안개의 흐름을 쫓아갔다. 달토끼는 함정을 감지하고 나서 피하기도 했고, 안개 때문에 신중하고 움직이고 있어서 그런지 나뭇가지를 타고 이동하는 우리들보다 움직임이 둔했다.

잠시 후 안개의 흐름 흔적의 끄트머리에 도착했고, 달토끼를 발견했다.

"찾았다! 이번에는 반드시 잡을 거야! ──《솔 레이》!"

"이제 안 놓친다! ──《소닉 엣지》!"

나무 위에서 날아든 수렴광선 마법과 참격을 아슬아슬하게 피하는 달토끼.

움직임을 보니 처음 봤을 때보다 순발력이 떨어진 듯한 느낌이었다.

그때 달토끼가 뛰어간 뒤 안개가 희미해진 지면이 보였다.

"지면이 질퍽거리네…… 그렇구나! 알겠어!"

"왜 그래? 뮤우?!"

"리레이와 다른 사람들이 쓴 마법은 실패한 게 아니었어요! 안개를 만들어내서 숲 전체의 시야를 가로막고 발치의 상황도 안 좋게 만든 거죠!"

지속성 마법 중에는 상대방의 이동속도를 느리게 만드는 《머드 풀》이라는 마법이 있다. 하지만 토끼의 행동을 제한시키기 위해 《머드 풀》을 쓰더라도 피해버리면 효과를 볼 수 없다. 하지만 숲 전체로 범위를 넓히고 안개로 발치를 가려버리면 효과적으로 이용할 수 있다.

"저 속도라면 잡을 수 있어!"

그렇게 생각하고 거리를 좁혔지만 중간에 토비도 달토끼

를 추적하는데 끼어들었고, 적당히 공격을 가해 도망칠 곳을 유도했다.

"아차! 이대로 가다간 루카가 있는 쪽으로 가겠네!"

달토끼를 유도해서 안개를 빠져 나간 곳에는 루카와 히노, 케이 씨가 기다리고 있었다.

그리고 큰 망치를 겨누고 있던 히노가 단숨에 가속하여 루카에게 공격을 날렸다.

동료들끼리 서로 공격하는 모습을 보고 놀란 나는 그 다음에 본 광경 때문에 어안이 벙벙해졌다.

"크윽――"

바스타드 소드를 비스듬하게 들고 방어자세를 취하고 있던 루카는 히노의 공격을 힘들게 막아내며 대미지를 축적시켰다.

"――《페인 백》!"

그리고 그것을 자신의 공격력에 합쳐서 상대방에게 되돌려주는 카운터 계열 아츠를 발동시켰다.

하지만 그것을 날린 상대는 히노가 아니라 그 옆에 있던 케이 씨였다.

케이 씨는 루카가 그렇게 날린 카운터 일격을 아무렇지도 않게 방패로 막아내고 힘을 더욱 모았다.

루카는 방어 타이밍이 미묘하게 어긋났기 때문에 완벽하게 대미지를 축적시키지 못했지만, 케이 씨는 히노의 공격으로부터 이어진 대미지를 전부 다 축적시켰다.

그리고 토비가 몰아간 달토끼가 세 사람 앞으로 뛰어들었고──.

"하앗──《페인 백》!"

케이 씨는 대미지를 축적시킨 카운터 계열 아츠의 일격을 달토끼에게 날렸다.

하지만 카운터를 날리려 한 순간, 달토끼는 옆에 있던 히노가 큰 망치를 들고 있던 팔에 몸통박치기를 날렸고, 그 큰 망치가 케이 씨의 몸에 맞아 검의 궤도가 엇나갔다.

달토끼를 노린 참격이 지면으로 날아갔고, 땅이 방사 형태로 갈라졌다.

그 위력은 처음에 달토끼를 짓누르려 했던《실드 배시》보다 몇 배는 강했고, 지면이 뒤흔들렸다.

마미 씨의《머드 풀》로 인해 질퍽거리게 변한 지면, 그리고 케이 씨가 검으로 가한 충격이 합쳐져 주위에 있던 나무들이 뚜둑뚜둑 소리를 내며 쓰러지기 시작했다.

"부, 분하네! 달토끼에게 완전히 농락당했어!"

"젠장! 또 달토끼를 놓쳤군!"

우리가 올라가 있던 나무도 그 충격에 휘말려 쓰러지기 시작했고, 우리는 나무 위에서 뛰어내려서 질퍽거리는 지면에 착지했다.

"잠깐, 나무가 쓰러지는데, 끄아아아아악!"

"응? 무슨 소리가 들렸던 것 같은데……."

우리는 나무가 쓰러지는 굉음이 울리는 와중에 놓친 달토끼의 뒷모습을 그저 보고만 있을 수밖에 없었다.

●

결과적으로 제각각 나뉜 우리는 서로가 서로를 방해하다가 달토끼를 포획하지 못했다.

"정말! 분해! 희귀한 아이템도 그렇지만 농락당했다는 것이 더 분해!"

내가 분한 마음에 발을 동동 굴렀다. 모든 팀이 토끼를 잡기 위해 괜찮은 방법을 쓰긴 했지만 조금 부족한 느낌이었다.

"어쩔 수 없지. 뭐, 오늘은 다들 토끼를 잡지 못했으니까 무승부인가?"

그렇게 말하며 다른 사람들을 둘러보는 타쿠 씨.

그런 와중에 숲 쪽에서 낙엽을 밟는 발소리가 들려서 돌아보니 다들 알고 있는 사람이 어떤 사람을 부축하며 걸어왔다.

"오늘은 이상한 날이네. 갑자기 안개가 끼고 지면이 질퍽거리지를 않나, 숲이 뒤흔들리지를 않나, 쓰러진 나무에 간츠가 깔려 있지를 않나. 새로운 MOB이 배치되기라도 한 거야?"

고개를 갸웃거리면서 후드 안에는 까만 새끼 여우인 자쿠로, 옆에는 새끼 유니콘인 뤼이를 데리고 윤 오빠가 모습을 드러냈다.

부축해온 사람을 겨우 숲 바깥으로 데리고 와서 살며시 지면에 눕힌 다음 이마에 난 땀을 닦는 포즈를 취하는 윤 오빠.

반사적으로 순백의 유니콘인 뤼이를 껴안으려 하다가 윤 오빠의 머리 위에 타고 있던 달토끼를 보고 움직임이 멎었다.

달토끼는 약초로 보이는 잎사귀를 아삭아삭 먹으면서 얌전히 윤 오빠의 머리 위에서 늘어져 있었다.

"윤 언니! 우, 움직이지 마!"

왜 달토끼가 저기 있는지는 모르겠지만, 지금이 포획할 기회일지도 모른다는 생각이 드는 와중에 윤 오빠는 태연하게 서 있었다.

"움직이지 말라니, 무슨 소리야?"

"머리 위에! 토끼!"

"아, 이 녀석 말이지. 영차……."

아무렇지도 않게 머리 위로 손을 뻗어서 달토끼를 끌어안은 윤 오빠.

"이 토끼가 왜?"

"어떻게 잡았어?!"

우리가 온 힘을 다해 잡으려고 했는데도 불구하고 실패했는데, 어떻게 해낸 건지 신경 쓰여서 소리치자 움찔거리며 놀라는 윤 오빠.

"아니, 어떻게냐니…… 그건 그렇고 왜 잡을 필요가 있는데? 비선공 MOB이잖아."

"그야 그 MOB한테서 희귀한 강화소재를 얻을 수 있으니까 잡은 거 아냐……?"

""……응?""

이상하네, 윤 오빠하고 이야기가 잘 안 맞는 것 같다.

그때 타쿠 씨가 끼어들어서 자세히 물었다.

"야, 윤. 그 토끼를 잡았을 때 뭐 얻은 거 없어?"

"있기야 하지. 매번 약초를 주니까 [달토끼의 부적]이라는 돌을 주길래 그런가 보다 싶었는데, 아니야?"

왠지 윤 오빠는 착각을 하고 있는 것 같다.

비선공 MOB 중에는 특정한 아이템을 주면 그 대신 그 MOB 특유의 아이템과 교환해주는 MOB이 있다. 보아하니 윤 오빠는 그런 종류의 MOB이라고 생각하고 소재를 채집할 겸 약초나 먹을 것을 준 모양이었다.

"그래서, 윤 언니는 어떻게 잡았어?"

"잡았다고 해야 하나…… 자연스럽게 다가오던데? 왠지 모르겠지만 멀리서 바라보고 있기도 하고, 가끔 장난도 치긴 하지만 딱히 피해를 입은 건 아니니까 내버려 두었는데, 점점 다가오길래 손을 뻗었더니…….

끌어안을 수가 있었다는 말이지. 그럼 우리가 온 힘을 다해 쫓아다녔던 건 뭘까, 그렇게 생각하니 나도 모르게 힘이 빠지는 것 같았다.

그런 소동의 중심인 달토끼는 자신과는 상관없다는 느낌으로 앞다리를 이용해 얼굴을 비비는 사랑스러운 모습을 보여주었고, 그 모습을 본 토비와 마미 씨는 윤 오빠의 품속에서 얌전하게 있는 달토끼를 쓰다듬었다.

그런 미소녀들의 모습을 뜨거운 눈초리로 바라보고 있던 리레이를 코하쿠가 째려보고 있었다.

다른 사람들은 윤 오빠의 이야기를 들은 뒤 뭐, 윤 씨니까, 그렇게 쓴웃음을 지으며 납득했고, 루카는 '마치 북풍과 태양 같네요'라고 말했다.

"으으으으! 다음에는 절대로 안 질 거야!"

나는 윤 오빠에게 안겨 있는 달토끼를 손가락으로 가리킨 다음 분한 마음에 뛰어가기 시작했다.

"앗, 뮤우 양. 기다려요!"

내 뒤를 따라오는 루카와 다른 파티 멤버들.

그 뒤에는 멍하게 서 있는 윤 오빠와 쓴웃음을 짓고 있는 타쿠 씨네 파티 멤버들.

"그래서 결국 누가 이긴 거야?"

"글쎄요, 그냥 무승부 아닌가요?"

마지막으로 미닛츠와 마미 씨의 목소리가 들렸다.

이번에 타쿠 씨네 파티 사람들과 교류하는 것은 그걸로 끝이 났지만, 우리는 그 뒤로도 여러 파티와 교류하게 되었고 그럴 때마다 여러모로 자극을 받아 성장해나갔다.

10화 유카타와 불꽃놀이, 그리고 여름 축제

우리는 다가오는 제한 시간을 생각하며 카페 테이블에서 아이스티를 마시면서 서로 얼굴을 마주 보고 있었다.

"……모레면 여름방학이 끝나버려."

OSO를 즐기고 있던 우리들에게 이제 이틀 뒤면 여름방학이 끝난다는 현실이 닥쳐왔다.

나는 내 메뉴를 띄우고 센스 스테이터스를 확인하고 있었다.

레벨은 여름방학 이전과 비교하면 많이 올랐고, 센스를 취득하기 위한 SP(센스 포인트)도 꽤 많이 모였다.

그 SP를 써서 새로운 센스를 취득하자는 생각도 들었지만, 여름방학이 얼마 남지 않았기에 센스를 키우는데 쓸 시간이 없다.

마지막 순간까지 여름방학을 즐기려 했지만, 미처 못한 것들이 너무 많았다.

"크윽! 그러고 보니 우리는 여름방학다운 걸 한 적이 없었어!"

OSO의 톱 생산직인 클로드 씨의 가게, 시원한 [콤네스티 카페 양복점] 안에서 나는 그렇게 말했다.

"여름다운 거라고는 여름의 캠프 이벤트 정도밖에 없었지. 우리 여름방학 말이야."

"한여름에 시골 생활을 체험한다! 그런 여름방학을 보내고 싶어!"

게임 화면 너머에 있는 '나의 여름방학 시리즈 주인공'처럼 시골에서 여름방학을 보내는 것을 동경한 적도 있었다.

"여름의 단골 메뉴라고 하면 곤충채집, 담력 시험, 여름 축제, 불꽃놀이 같은 거겠죠."

루카가 손가락을 꼽으며 여름의 단골 메뉴에 대해 말하자 나는 고개를 끄덕였다.

뭐, 우리 같은 경우는 곤충 계열 MOB이나 언데드 계열 MOB을 쓰러뜨리는 것이 곤충채집이나 담력 시험이라 할 수도 있지 않을까, 그렇게 한순간 고민했지만 아니라는 생각이 들어서 고개를 저으며 그 생각을 떨쳐냈다.

"……그리고, 해수욕 같은 것도 있죠. 바다의 집이라든지."

토비가 한 말을 듣고 나는 다시 힘껏 고개를 끄덕였다.

수영복을 입고 다른 사람들과 모래사장에서 놀거나 바비큐를 하거나, 바다의 집에서 그렇게까지 맛있지는 않은 요리를 먹으면서 지내는 것도 즐거울 것 같다.

"후후후, 해수욕, 미소녀의 수영복, 두근두근 해프닝, 크흐흐흐……."

"리레이. 망상이 다 드러나고 있는디——…… 아니, 말을 듣지도 않네. 여름의 단골 메뉴 말이제…… 뭐, 여름방학의 숙제나 자유연구, 독서 감상문 같은 것도 있잖어."

내는 자유연구가 정말 싫은디, 코하쿠가 그렇게 말하자

나와 히노가 아이스티를 마시다 멈추었다.

"응? 찔리는 사람이 있제?"

코하쿠가 그렇게 말하며 장난기 어린 미소를 짓고 우리를
바라보았다.

"괘, 괜찮아…… 올해는 숙제를 다 했으니까! 자, 작년까
지는 타쿠 씨하고 같이 언니들한테 징징거렸지만……"

"나, 나는 자유연구가 좀…… 여름방학이 끝나기 직전에
하기 시작하니까 식물을 키우기도 늦어서 하루 만에 조사한
내용을 급하게 정리했는데."

나와 히노가 씁쓸한 여름방학 이야기를 하자 그 말을 들
은 루카와 코하쿠는 어깨를 살짝 들썩이면서 웃었다.

"진짜로 있는갑네. 그렇게 여름방학 막바지에 허둥대는
사람."

"아~! 너무해! 올해는 괜찮다니까!"

내가 따졌지만, 코하쿠는 알았다면서 손을 저으며 가볍게
흘려 넘겼다.

"후후후, 좋은 생각이 났어요! 여름방학 숙제를 일찌감치
끝내버리면 아직 다 끝내지 못한 여자애를 집에 끌어들일
수 있죠! 그대로 자고 갈 수도── "리레이! 니는 입 좀 다
물고 있어야!"──."

리레이의 개그에 코하쿠가 곧바로 태클을 걸었다.

그런 우리들의 대화를 듣고 루카와 토비가 쿡쿡대며 작은
목소리로 웃었고, 덩달아 나도 웃다가 갑자기 다들 쓸쓸한

표정을 지었다.

"뭐, 여름이 끝나는 것이 쓸쓸하다는 것은 항상 느끼는 거니까 어쩔 수 없죠."

살짝 웃다가 쓴웃음을 지은 루카에게 내가 물었다.

"그렇지. 그건 그렇고 오늘은 뭐할까? 다시 던전? 아니면 희귀한 MOB 사냥?"

평소 때와 다를 것이 없는 제안을 하면서 스스로도 내심 쓴웃음을 지으며 묻자, 다른 사람들의 반응이 안 좋았다.

"나는 오늘하고 내일 정도는 느긋하게 지내고 싶은데. 전투 말고 다른 여름의 추억을 만드는 건 어때?"

"그렇네요. 그런데 여름의 추억 말이죠……."

히노가 제안했고, 다들 비슷한 생각을 했지만 좀처럼 좋은 아이디어가 떠오르지 않았다.

그때 카페 안을 달려가는 발이 하얀 새끼 고양이가 보였고, 그 움직임을 따라간 곳의 카운터석에서 커피를 마시고 있던 사람에게 그 문제를 떠넘기기로 했다.

"실례합니다~! 클로드 씨! 여름의 추억 하나 주세요!"

"잠깐, 뮤우 양?!"

클로드 씨에게 억지로 떠넘겼다.

혼자서 커피를 마시고 있던 클로드 씨는 내 무리한 주문을 듣고 아무런 말도 하지 않은 채 우리를 지긋이 바라보았다.

"……흐음. 좋다. 잠시만 기다려."

"거짓말, 클로드 씨가 여름의 추억을 가지고 오는 거야?

나는 좀 불안한데."

"……클로드 씨가 만든 여름의 추억이라니, 무섭기도 하지만 보고 싶기도 하네요."

히노와 토비가 한 말을 듣고 보니 클로드 씨는 톱 생산직이긴 하지만 이상한 구석이 있기 때문에 내가 주문하긴 했지만 마음속으로 그녀들에게 맞장구를 쳐버렸다.

"클로드 씨라면 여름에 빅 사이트에서 볼 수 있는 단골 메뉴일지도 모르겠네요. 미소녀 캐릭터의 코스프레 의상이라든지."

"아니, 그렇게 이상한 걸 주진 않을 거여. 윤 씨나 마기 씨에게 이르면 큰일이 난다는 건 알고 있을 거니께."

리레이가 예상한 것을 듣고 모두가 그럴싸하다고 생각하며 침을 꿀꺽 삼키는 한편, 코하쿠는 클로드 씨를 감싸주었지만 그 이유를 들어보니 쓴웃음이 새어 나왔다.

하긴, 이상한 옷을 입게 하면 윤 오빠가 과민반응을 보이니까 그런 걸 우리에게 가져다주지는 않을 것 같기도 하다.

그리고 잠시 후 돌아온 클로드 씨는 예쁜 무늬가 있는 여러 가지 색의 천을 가지고 왔다.

"예전에 만들었던 유카타가 있다. 입어보도록 해."

그렇게 말하며 우리에게 각자 어울리는 유카타를 건넸다.

하지만 아무리 그래도 다른 사람들이 보고 있는 카페 안에서 장비를 전환하는 건 꺼려졌기 때문에 안쪽에 있던 탈의실을 빌려서 모두가 옷을 갈아입었다.

그리고──.

"우와, 귀엽다! 클로드 씨의 센스는 최고야! 굿 잡!"

"좀 쑥스러운데요, 어떤가요?"

"……으윽, 이런 옷, 저한테는 너무 귀여워요."

나는 옅은 푸른색 바탕에 희미하고 작은 꽃무늬 유카타에 진한 남색 띠. 루카는 까만색 바탕에 벚꽃 무늬 유카타에 노란색 띠. 토비는 짙은 감색 바탕에 마찬가지로 큼직한 꽃무늬가 있는 유카타, 그리고 띠는 붉은색이었다.

"저기저기. 유카타는 이렇게 입으면 되는 거야?"

뒤늦게 나온 히노는 하얀색 바탕에 큰 해바라기 무늬가 여러 개 있는 유카타를 입고 우리와 합류하려 했다.

"잠깐만. 옷깃을 좀 더 당겨야제. 안 그럼 목이 답답할 거여."

"후후후, 멋지네요. 여러분의 유카타를 벗기고 싶어질 정도로요."

평소부터 전통복 장비에 익숙한 코하쿠는 시크한 느낌인 남색 유카타를 입었고, 그 뒤에서 살벌한 말을 한 리레이가 하얀색 바탕에 까만 세로 줄무늬가 있는 유카타를 입고 나타났다.

리레이의 유카타는 루카나 토비처럼 화려한 무늬가 있지는 않지만, 줄무늬가 있기 때문에 몸의 윤곽이 잘 드러났다.

그렇게 멋진 유카타를 제공해준 클로드 씨는 우리의 모습을 보고 고개를 끄덕이고 있었다.

"역시 내 생각이 맞았군. 각자에게 어울릴 것 같은 유카타를 골라봤는데 마음에 든 모양이야. 유카타는 방어구로 따지면 성능이 약한 편이기도 하니 공짜로 주마."

"앗싸! 감사합니다!"

"아니, 내가 고맙다고 해야지. 여름이 끝나갈 무렵에 한가하던 참이었는데 좋은 것을 보았으니까. 그리고 내가 줄 여름의 추억은 더 있다."

뭐지? 또 뭐가 있다는 거지? 그렇게 생각하며 긴장했지만, 클로드 씨는 무언가를 꺼낸 것이 아니라 메뉴를 조작하여 어디론가 메시지를 보내고 있었다.

"크크큭, 여름의 추억을 만들려면 사전 준비가 필요하니까. 그 장비를 가지고 내일 저녁에 로그인하도록 해라. 그전까지 준비를 마쳐두도록 하지."

그렇게 말한 다음, 우리들을 내버려 두고 어디론가 떠나가는 클로드 씨.

그 모습을 보면서 우선 내일 저녁에 다른 사람들과 합류하기로 약속하고 로그아웃하게 되었다.

●

그리고 다음 날── 여름방학 마지막 날, 우리는 OSO에서 저녁쯤에 유카타 차림으로 합류했는데 마을의 상태가 약간 이상했다.

벽돌로 만든 서양풍 거리에는 어디선가 피리 소리와 큰 북소리가 들리고 있었고, 전통식 초롱이 거리 위에 걸려 있었다.

평소에 플레이어들이 상점을 열곤 하는 그곳에는 노점 여러 개가 늘어서 있어서 마치 여름 축제 같은 모습이었다.

"어제는 이런 게 없었는데."

우리가 그렇게 말하며 노점이 늘어서서 여름 축제 상태가 된 거리로 발을 내딛자, 기다리고 있었는지 클로드 씨가 모습을 드러냈다.

"크크큭, 이런 여름의 추억은 어떠냐! 여름이 끝나갈 무렵 돈과 시간이 남아서 어쩔 줄 모르던 플레이어들을 모아 급하게 만들게 했지!"

클로드 씨는 평소 때 입는 장비가 아니라 '축제'라는 글자가 등에 적힌 전통 작업복 같은 옷을 입고 팔짱을 끼고 있었다.

하지만──.

"으앗! 히노! 솜사탕하고 사과사탕을 파는 노점이 있어!"

"타코야키, 야키소바, 빙수를 파는 노점도 있네! 가보자!"

여러 노점에 정신이 팔려 둘러보는 나와 히노.

"고리 던지기나 사격을 할 수 있는 노점도 있네요. 그런데 사격은 코르크 총이 아니라 Y자 모양 새총이에요."

"……저쪽은 제비뽑기? 그리고 저 얇은 판으로 뭔가 하는 것도 놀이도구인가?"

루카는 놀이 노점을 둘러보며 경품으로 나온 아이템에 눈을 반짝였다. 그리고 토비는 제비뽑기나 돈이 경품으로 나와 있는 낚시, 그리고 뽑기 노점이 신기한지 그쪽을 힐끔거리며 보고 있었다.

"호오, 이런 것도 파는갑네. 실례합니다, 가면하고 부채를 하나씩 주세요."

"후후후, 여성 생산직의 작업복 차림도 나쁘지 않네요."

코하쿠는 액세서리 같은 작은 물건을 파는 노점에서 가면과 부채를 사서 바로 장착했다.

그 옆에 있던 리레이는 요염한 미소를 지으며 전통 작업복 차림인 여자 플레이어들을 바라보고 있다가 코하쿠에게 유카타 목덜미를 붙잡힌 채 질질 끌려가듯이 노점에서 물러나게 되었다.

그렇게 마음대로 움직인 우리들은 클로드 씨의 설명을 듣지 않고 바로 노점을 즐기기 시작했다.

"먹을 것은 나중으로 미룬다 치고, 나는 우선 놀이 노점! 놀자!"

"하지만 전부 다 공략할 수는 없을 테니 나뉘어서 열심히 해보자!"

그렇게 말한 다음 나와 히노, 루카와 토비, 코하쿠와 리레이, 이렇게 세 조로 나뉘어 놀이 노점에 도전했다.

내가 먼저 고른 것은 사격 노점이었고, 그곳에 있던 가게 주인 플레이어가 듬직하게 버티고 서서 시원스러운 미소를 짓고 있었다.

"후후후, 자! 주요 상품인 거대 인형을 새총으로 떨어뜨리면 10만 G와 교환할 수 있다! 그밖에도 곰인형이나 약간 희귀한 소재 같은 것을 제공하는 사격 노점! 코르크탄 열 발에 1000G야."

그렇게 손님을 끌어들여서 플레이어 여러 명이 도전한 사격 노점에서는 경품의 위치나 무게 때문에 좀처럼 노린 경품을 떨어뜨리지 못하고 저렴한 경품을 따가는 플레이어들이 속출했다.

그럼에도 불구하고 우리는 손님들이 가기를 기다렸다가 열 발에 1000G 이상의 가치가 있는 아이템에 도전했다.

""우선 서른 발!""

나와 히노는 코르크탄을 3000G어치 사서 놓여 있던 Y자형 새총을 들었다.

노리는 것은 물론 주요 상품인 거대 인형이다.

코르크탄을 거대 인형에게 맞췄지만, 인형의 탄력으로 인해 튕겨져 나와 지면에 떨어져버렸다.

"어?! 맞았는데!"

"크고 무거운 인형은 코르크탄의 충격을 분산시켜서 움직이지 않지. 자, 다른 경품을 노리지 그래."

사격 노점 주인이 도발하자, 나와 히노는 더욱 활짝 웃으면서 서로 눈짓을 주고받았다.

"히노, 나한테 맞춰줄래?"

"괜찮을 거야. 이 노점의 형태라면 가능할 테니까!"

나와 히노는 그렇게 말한 다음 새총으로 노점의 안쪽 벽을 노리고 쏘았다.

판자가 ㄷ자 형태로 단단히 세워져 있는 벽을 향해 코르크탄이 날아갔고, 그렇게 튕긴 기세를 이용해 정면에서는 맞추기 힘든 경품을 옆에서 맞춰 쓰러뜨린다── 우선은 잽.

그 다음에는 히노와 동시에 세 발씩 날려서 합계 여섯 발의 코르크탄을 맞춘 충격으로 작은 인형을 손에 넣었다.

그리고 높이가 낮은 반구형 경품은 아래쪽 받침대를 노리고 쏴서 탄이 튕긴 기세를 이용해 위쪽 받침대를 쳐올려 떠오르자 히노가 공중에서 맞춰서 떨어뜨렸다.

가벼운 경품은 도탄으로 튕겨져 나온 코르크탄을 공중에서 맞추어 다시 가속시킨 다음 경품을 땄다.

그렇게 차례차례 경품을 떨어뜨려나가는 나와 히노.

"마, 말도 안 돼…… 떨어뜨리기 힘든 위치에 있는 경품을 도탄과 동시사격으로 떨어뜨리다니."

우리 두 사람의 콤비네이션으로 차례차례 노점의 비싼 상품을 따자, 서서히 구경하는 사람들이 늘었고, 마지막으로 주요 상품과 대결하는 것을 기대하며 주목했다.

나와 히노에게 남은 코르크탄은 한 사람당 세 발.

이걸로 저 거대 인형을 떨어뜨리는 것은 좀 힘들지도 모른다. 하지만 그러니 오히려 불타오르네!

"가자! 히노!"

"알았어!"

그리고 코르크탄을 각각 다른 세 방향으로 날렸다. 그것이 튕겨져 나와 다시 코르크탄끼리 부딪혔고, 시간차를 두고 날린 코르크탄이 거대 인형에 동시에 도달했다.

그리고 히노가 날린 코르크탄도 마찬가지로 도달하여 모두 합쳐 여섯 발의 코르크탄이 거대 인형에 맞았고, 인형이 큰 몸을 흔들며 천천히 뒤로 쓰러지기 시작했다.

모인 구경꾼들이 우리의 테크닉을 보고 소리를 질렀고, 우리가 놓여 있던 비싼 경품을 전부 다 따내자 더욱 큰 환호성이 들렸다.

"졌다! 내가 준비한 최강의 표적인 거대 인형을 쓰러뜨릴 줄이야. 자, 10만 G를 가지고 가!"

"어? 필요 없어."

받아든 거대 인형을 껴안은 히노가 진지한 표정으로 그렇게 대답하자, 사격 노점의 주인 플레이어는 곤란한 듯한 표정을 지었다.

"10만 G하고 이 거대 인형을 교환하는 거지? 돈을 받으려면 이걸 돌려줘야 하잖아. 이렇게 귀여운데."

"그렇다네. 그러니까 이 인형을 받을게!"

히노는 작은 몸집으로 거대한 인형을 끌어안았고, 나는 자잘한 경품을 챙겨서 사격 노점을 떠났다. 코하쿠, 리레이와 합류하기 위해 다른 놀이 노점으로 걸어가 보니 가면을 머리에 얹은 코하쿠를 찾아낼 수 있었다.

"그 바보! 어디 간 거여!"

"야호~, 코하쿠, 왜 그래?"

"응? 뭐여. 뮤우하고 히노잖어. 엄청 큰 인형을 끌어안고 있네."

"응, 우리가 땄어! 자, 코하쿠한테도 줄게!"

히노가 그렇게 말한 다음 내가 안고 있던 작은 인형 중에서 하나를 집어 코하쿠에게 건넸고, 코하쿠는 기쁜 듯이 그 작은 인형을 받아들었다.

"고마워. 근디 리레이 못 봤당가? 또 눈을 돌린 틈을 타서 어디로 가부렀어야."

그 말을 듣고 주위를 둘러보았지만 리레이 같은 사람은 보이지 않았다.

어디 있는 거지? 그렇게 생각하며 찾아보니 거리 귀퉁이에 유카타 대여점이 있었고, 수량이 한정되어 있었기에 선착순으로 남녀용 유카타를 대여해주고 있었다.

"호오, 저런 게 있구나."

"그렇겠지. 이런 축제 분위기에 서양 갑주 같은 걸 입고 오면 어울리지 않을 테니까."

"그라제. 그건 그렇고 리레이를 찾아야 하는디…… 아니, 저런 곳에 있었네."

마침 우리가 보고 있던 유카타 대여점에서 리레이가 나왔다.

옆에는 낯선 여자 플레이어가 있었고, 유카타 대여점 근처에 있던 빙수 노점 앞에서 멈춰 섰다. 으드득으드득, 얼음 덩어리를 대패로 깎아낸 다음 시럽을 얹어주는 노점 앞에서 OSO에 익숙하지 않은 것 같은 느낌인 여자 플레이어에게 리레이가 빙수를 사주려 하고 있었다.

"만난 지 얼마 되지도 않은 제가 얻어먹어도 되나요?"

"후후후, 상관없어요. 그 대신 저한테 한 입만 나누어주면 충분하죠."

평소 때 보여주던 번뇌투성이 같은 분위기를 억누르고 착한 사람의 탈을 쓴 리레이를 보고 코하쿠는 빙수를 먹지도 않았는데 머리가 아픈 것 같았다.

"아무것도 모르는 플레이어에게 친절한 척 하믄서 다가가다니…… 근디 지금 억지로 리레이를 끌고 오믄 저 애가 빙수를 먹지 못하게 될 거니께 좀 불쌍하기도 하고…….

"그래서, 코하쿠는 어떻게 할 거야?"

"당연하제. 저 애가 빙수를 받아든 순간에 리레이를 끌고 올 거여!"

노점의 그늘에 숨어서 리레이를 바라보고 있는 코하쿠의 대답을 듣고 쓴웃음을 지은 나와 히노. 한편, 리레이는 여자 플레이어에게 빙수를 건네며 은근슬쩍 손이 닿은 것을 즐기고 있었다.

그리고 빙수를 넘기는 것이 끝난 순간, 코하쿠가 리레이의 등 뒤에 섰다.

"리~레~이~! 니, 어디 싸돌아다니는 거여?"

평소 때 쓰던 접이식 부채가 아니라 오늘 산 부채로 리레이의 뒤통수에 태클을 건 다음 유카타 목덜미를 꽉 붙잡는 코하쿠.

"우리 일행이 폐를 끼쳐서 미안혀. 지금 끌고 갈라니께."

"저, 저기!"

빙수 그릇을 두 손으로 든 신입 여자 플레이어가 억지로 그곳을 떠나려고 하는 코하쿠와 끌려가는 리레이를 불러세웠다.

"현실 쪽 때문에 별로 로그인을 못해서 돈이 없었는데 귀여운 유카타를 빌릴 수 있다는 것도 가르쳐주시고 빙수까지 사주셔서…… 감사합니다!"

나름대로 정성을 담아 인사한 것 같다.

코하쿠는 깊게 한숨을 쉬었고, 우리도 뒤늦게 모습을 드러냈다.

"니, 어떤 센스를 가지고 있는디?"

"저기, [투척] 센스하고 마법요. 레벨은 낮지만요."

"그라믄 저기 있는 고리 던지기 노점이 괜찮것는디. 경품 배치를 대충했으니께 센스 보정이 있으믄 승률이 꽤 높을 거여. 그라고 비싸게 팔 수 있는 강화소재 계열 아이템을 노리는 거제. 얻은 다음에는 그걸 팔아서 다시 놀아도 좋을 것이고, 뭘 사먹으면서 즐기는 것도 괜찮을 거니께."

코하쿠가 조언해주자 여자애의 표정이 확 밝아졌다.

"로그인 시간을 확보하지 못해서 힘들었겠구나. 내가 딴 인형 하나 줄까?"

"감사합니다."

내가 두 손으로 안고 있던 사격 경품 인형을 여자애에게 하나 건네자 그녀의 표정이 부드러워졌고, 그 여자애는 우리에게 살며시 인사를 하고는 고리 던지기 노점 쪽으로 갔다.

리레이는 여자애가 빙수를 먹여줄 기회를 놓쳐서 슬픈 듯한 표정을 짓고 있었지만, 나는 무시하고 코하쿠에게 물었다.

"그러고 보니 왜 코하쿠가 노점에서 돈을 늘리는 방법을 알고 있는 거야?"

"아니, 아까 리레이를 찾으면서 여러 노점을 둘러봤는디 그중 몇 군데가 대충 설정했다 싶더라고. 그래서 조사해보니 난이도가 엄청 높은 노점하고 어설픈 노점이 있었제."

"그래서 직접 해봤어?"

"비싸게 팔 수 있는 아이템을 노려보니 5000G를 써서 5만G짜리 아이템을 얻었제! 그러니께 전부 다 돈으로 바꿔불자고 생각했는디……."

점점 목소리가 작아지는 코하쿠를 보고 우리가 고개를 갸웃거리고 있자니 그녀가 분한 듯 대답해주었다.

"……리레이가 어디로 가부러서 어쩔 수 없이 그만둘 수밖에 없었당께! 그때 리레이가 사라져불지 않았으믄 더 벌 수 있었을 것인디!"

코하쿠는 그렇게 말하며 분통을 터뜨렸지만, 듣고 있던 우리는 노점이 망하지 않아서 다행이라고 생각하며 안심했다. 그리고 실제로 시험해볼 생각은 없지만 그렇게 즐기는 방식도 있겠다고 생각하며 루카와 토비를 찾으러 갔다.

●

코하쿠, 리레이와 합류한 우리는 루카와 토비를 찾으며 노점 사이를 걸어갔다.

달그락, 또각, 돌로 된 바닥 위에서 그렇게 나막신 소리를 내면서 걸어가며 찾아보니 두 사람은 뜻밖의 노점에 있었다.

"토비 양, 어떻게 하실 건가요?"

"……저는 5000점에 도전하겠어요."

"자."

노점 주인 플레이어가 얇은 판 같은 것을 토비에게 건넸고, 루카는 그 모습을 옆에서 바라보고 있었다.

토비는 신중하게 힘을 주며 그 판을 쪼개기 시작했다. 투둑, 투둑, 녹말과 젤라틴으로 만든 판에 그려져 있는 선을 따라 모양을 따내는 뽑기 노점에 도전하고 있는 것이다.

그리고 수수한 뽑기에 열중해 있는 토비는 최고 난이도 뽑기에 도전하고 있는 것 같았다.

"우와, 기성품이 아니니까 자유롭게 난이도가 높은 틀을 만들 수 있을 텐데, 그걸 점점 공략해나가고 있어."

정밀한 힘조절과 세밀한 작업을 보고 나는 못하겠구나, 그렇게 생각하며 우리도 조용히 토비가 작업하는 모습을 바라보았다.

우선 손으로 커다란 부분을 쪼갰고, 그런 다음에는 세밀한 부분을 가게에서 마련해둔 바늘로 깎아내는 듯이 모양을 따내기 시작했다.

그리고──.

"……다 됐어요."

"토비 양, 축하해요."

"축하해. 설마 준비한 뽑기를 전부 다 제패해버릴 줄이야. 아하하하하……."

가게 주인은 토비가 너무 대단해서 웃어버렸다.

더 이상 도전할 수 없다는 것을 안 토비는 문득 고개를 들었고, 우리가 루카 뒤에서 보고 있었다는 것을 깨닫고는 약간 당황했다.

"……뮤, 뮤우 양! 그리고 여러분! 언제부터 계셨나요?!"

"저기…… 토비가 방금 완성시킨 뽑기를 하기 시작했을 때부터."

"……하읏."

토비는 우리가 빤히 바라보고 있었기에 쑥스러웠는지 가냘픈 목소리를 냈고, 중간부터 우리가 보고 있다는 것을 눈치챘던 루카가 쓴웃음을 지었다.

"아~, 완전히 집중하고 있길래 방해하면 안 될 것 같아서."

내가 한 말을 듣고 히노와 코하쿠가 나도 마찬가지라는 듯이 고개를 끄덕였다.

"자, 놀이 노점은 이것저것 즐겨봤는데 다음에는 어떻게 할까요?"

쑥스러워하는 토비에게서 화제를 돌리기 위해 루카가 묻자 우리는 생각에 잠겼다.

"음~. 적당히 돌아다니면서 맛있을 것 같은 걸 파는 노점을 찾는 건 어때?"

"……그럼 먹을 때 두 손을 다 쓸 수 없으면 불편할 테니 좀 들어드릴까요?"

토비는 내가 두 손으로 잔뜩 껴안고 있던 사격 경품 인형을 손가락으로 가리켰다.

아이템 같은 것은 인벤토리 안에 넣었지만, 이렇게 귀여운 인형은 남들에게 보여주면서 자랑하고 싶어서 들고 있었는데 역시 뭘 먹을 때는 걸리적거릴 것이다.

참고로 히노가 들고 있던 거대 인형은 걸어 다닐 때 걸리적거렸기에 인벤토리 안에 넣어둔 상태였다.

"그럴 거면 몇 개 줄까? 나머지는 인벤토리 안에 넣어버릴 거니까."

"……그래도 되나요? 그럼 이걸."

두 손바닥 안에 쏙 들어갈 정도로 작은 인형을 하나 고른 토비는 그것을 살짝 만지작거리며 기뻐했다.

"그럼 괜찮아 보이는 가게를 찾아볼까?"

그렇게 여섯 명이서 노점 거리를 돌아다녀보니 호객하는 사람들의 목소리가 들렸다.

우리는 그중에서 귀에 익은 목소리를 듣고 자연스럽게 그쪽으로 다가갔다.

"여기는 제비뽑기를 하는 곳이야~. 1등에 당첨되면 오더메이드 무기 증정! 한 사람당 세 번밖에 도전할 수 없는 고급 제비뽑기, 한 번에 1만 G야~."

톱 생산직 중 한 사람인 리리 군이 머리 위에 붉은 새끼새인 네시아스를 얹은 채 위쪽에 구멍이 뚫려 있는 상자를 들어 올리고 있었다.

그 상자에는 막대기가 수백 개나 들어 있었고, 구멍에서 막대기가 삐져나와 있었다.

보아하니 그 막대기를 골라서 뽑으면 그 끝에 있는 색깔에 따라 경품이 정해지는 모양이었다.

"음~. 오더메이드 무기라고. 마기 씨가 만들어준 한 손검이 있긴 하지만 콘셉트이 다른 무기도 욕심나는데."

1등 상품인 오더메이드 무기는 이 노점에 협찬해주는 생산직 중 한 명을 골라서 무기를 만들어달라고 하는 식인 것 같았다.

그밖에도 2등 이하 상품 중에는 돈을 주고 사면 10만 G가 넘는 아이템들이 늘어서 있었다. 그리고 꽝도 1만 G짜리 포션 종합세트, 정말 손해볼 일이 없는 고급 제비뽑기였다.

이익인지 손해인지 판단할 수 있는 플레이어들이 망설임 없이 뽑으러 나섰기 때문에 긴 줄이 생겨나 있었다.

"저기저기. 제비 뽑지 않을래? 우리 운을 시험할 겸."

"괜찮겠네요. 자금에도 여유가 있으니까요."

내가 제안하자 맞장구를 치는 루카.

"뭐, 이번 여름에 잔뜩 사냥을 했으니 군자금은 넉넉하지."

히노가 한 말을 듣고 모험의 과정이 떠올랐기에 모두 함께 쓴웃음을 지으며 제비뽑기 줄을 섰다.

잠시 후 우리 차례가 돌아왔다.

"아~, 뮤우네 파티네! 어서 와!"

"후후후, 1등은 우리가 가져갈 거야!"

여섯 명 몫의 고급 제비뽑기 요금을 건넨 뒤 우선 내가 진지한 표정으로 상자에서 삐져나와 있는 막대기를 노려보았다.

"으으으…… 이 세 개야!"

힘차게 뽑은 막대기 끝의 색은…… 세 개 다 하얀색이었다.

"자. 아쉽네, 포션 종합세트야~."

리리 군은 3만 G짜리 포션을 내게 건넨 다음 내가 뽑은 막대기를 받아들고 다음 사람을 향해 상자를 기울였다.

그 다음으로는 히노, 토비, 코하쿠, 리레이가 뽑았지만 다들 오늘은 뽑기 운이 없었던 것 같다.

네 사람 다 포션 세트를 뽑았다.

"흐흐흑…… 이렇게 꽝이 계속 이어지니 좀 풀죽네."

"뭐, 제비뽑기는 좀처럼 당첨이 되지 않는 법이니까…… 앗."

루카가 그렇게 말하면서 나를 달래며 마지막으로 뽑은 제비는 세 개 중 하나가 붉은색 막대기였다.

그 색을 확인한 리리 군은 큼직한 핸드벨을 들고 딸랑딸랑 울렸다.

"축하해. 3등, 강화소재를 선택해서 받을 수 있어~."

"저기…… 감사합니다?"

3등 경품인 강화소재에 대해 설명해달라는 듯한 시선을 느낀 리리 군이 가슴을 펴고 설명해주었다.

"우리 생산직들이 엄선한 강화소재야. 생산직이라면 침을 흘릴 만한 아이템이거든!"

그렇게 말하며 자신만만하게 대답하는 리리 군을 보고 우리가 감탄했다.

"그럼 어떤 종류의 소재를 고를까요……."

루카는 턱에 손을 대고 강화소재와 효과 일람표를 바라보았다.

어떤 장비에 어떤 추가효과를 조합시킬 것인지 잠시 고민한 다음 정했다.

"그럼 이 [바람의 결정조각]으로 할게요."

"루카, 그걸로 하려고?"

"네. 추가효과로 [참격강화(소)]가 있으니까 바스타드 소드를 강화할 때 쓰려고요."

"알겠어."

리리 군은 녹색 결정을 루카에게 건넸다.

꽝 두 개 분량의 경품인 포션 세트도 잊지 않고 건네주었다.

 "그럼 여름 축제를 즐겁게 보내~."

 걸어가는 우리를 배웅하려는 듯이 노점에서 윗몸을 내밀고 손을 흔들어주는 리리 군에게 우리도 손을 흔들었다.

 정신을 차리고 보니 완전히 해가 졌고, 노점에 매달려 있는 초롱 등불이 주위를 비추고 있었다.

 "그럼 이번에야말로 음식 노점으로 가자!"

 "그래! 솜사탕, 사과사탕, 초코바나나, 빙수……."

 "그건 전부 다 간식이잖아요."

 히노가 손가락을 꼽으며 먹고 싶은 것을 말하자 루카가 쓴웃음을 지으며 태클을 걸었다.

 "후후후, 하지만 일이 그렇게 잘 풀릴 리가 없어 보이네요."

 리레이는 사람들이 늘어나기 시작한 노점 거리를 보면서 중얼거렸다.

 주식 계열과 디저트 계열 노점이 이리저리 흩어져 있었기에 같은 곳을 왕복하며 이동하는 수고가 든다. 그리고 그 수고를 아끼며 노점을 돌아다니면 먹는 순서가 뒤섞이게 된다.

 그건 뭐, 현실 이야기고──.

 "그런 건 산 다음에 인벤토리 안에 넣으면 문제없지!"

 "……조용한 곳에서 먹는 게 좋을 것 같네요."

 내 생각에 토비가 맞장구를 쳐주었고, 바로 근처에 있던 노점으로 돌격해서 우선 모두가 먹을 수 있게끔 먹을 것을 구입했다.

"실례합니다! 솜사탕 여섯 개 주세요!"

"그래!"

노점 주인 플레이어에게 주문한 뒤 이미 만들어져 있던 솜사탕을 여섯 개 받아들고 돈을 내고 나서 다음 노점으로 가려던 참에 루카가 말렸다.

"뮤우 양, 전부 다 여섯 명 몫을 사면 오늘 안에 다 먹을 수가 없어요."

"이런 여름 축제의 노점에서 파는 음식은 이곳의 분위기를 즐기는 거라 맛있는 거여. 평소 때 먹어봤자 아쉽기만 할 것인디?"

루카가 말리고 코하쿠가 나무라자, 그럴지도 모르겠다고 생각한 나.

"후후후, 그렇다면 전부 하나씩 사서 모두 함께 조금씩 맛을 즐기면 되지 않을까요? 저번처럼 한 입씩 돌아가면서 먹는 거죠."

"리레이. 역시 포기하지 않은 거여?"

리레이가 우리와 서로 먹여주는 것을 기대하고 있는지 활짝 웃으며 제안했고, 코하쿠가 질렸다는 듯이 한숨을 쉬었다.

그런 와중에 히노가 다른 노점으로 음식을 사러 달려갔고, 토비만 그녀를 따라갔다. 잠시 후 두 사람은 함께 먹을 것을 사왔다.

이쑤시개가 꽂혀 있는 타코야키를 먹으면서 히노가 고개를 갸웃거리며 물었다.

"응? 왜 그래? 타코야키 먹을래? 덤으로 하나 더 줬어."

"후후후, 이런 것도 나쁘지 않네요."

"내도 먹을 거여."

히노가 내민 타코야키 접시에서 추가로 받아온 이쑤시개를 집어들고 타코야키를 하나씩 찍어먹는 코하쿠와 리레이.

"좋겠다! 나도 타코야키 먹을래!"

"……뮤우 양하고 다른 분들 것도 사왔어요."

"토비, 고마워!"

나는 그녀가 내민 팩에 들어 있던 타코야키를 루카, 토비와 함께 먹었다.

그밖에도 프랑크푸르트와 감자튀김 같은 것을 사거나 바로 먹으면서 이동하다 보니 어떤 노점을 발견했다.

"저 노점은 뭐지?"

"소스 냄새가 나는 걸 보니 야키소바 아닐까요?"

『사과사탕~, 딸기사탕~, 야키소바~.』

한 손으로 메가폰을 들고 손님을 끌어들이고 있던 여자 플레이어의 목소리를 듣고 그 가게에서 무엇을 파는지 알 수 있었다.

그리고 다가가 보니 그 가게를 누가 맡고 있는지 알게 되었다.

"언니?! 그리고 마기 씨도!"

"앗, 뮤우구나. 어서와."

전통 작업복 차림에 머리띠를 두른 마기 씨가 판매원을 맡고 있었고 그 옆에서는 윤 오빠가 뜨거운 철판으로 야키소바를 만들고 있었다.

"뮤우, 어서 와. 그리고 루카토하고 다른 사람들도. 유카타가 어울리네."

윤 오빠는 자연스럽게 칭찬해 주었지만 외모가 긴 흑발 미소녀였기 때문에 같은 여자에게 칭찬 받은 것 같은 느낌이 들었다. 그래도 칭찬받으니 그냥 기뻤다.

"그런데 뮤우네 파티는 뭘 먹을 거야?"

윤 오빠가 철판으로 야키소바를 볶고 있는 곳 옆에서 마기 씨가 나무 막대기에 꽂은 사과와 딸기를 사탕이 들어 있는 냄비에 담그고 코팅한 다음 가게 앞에 막대기를 꽂아 진열했다.

그것을 마기 씨의 파트너인 리쿠르가 만들어낸 얼음으로 식혀서 손님에게 제공했다.

"왜 윤 언니가 야키소바 노점을 맡고 있는 거야? 그리고 야키소바 세 개 부탁해."

야키소바가 만들어질 때마다 나무 그릇에 담긴 뒤 식기 전에 마기 씨의 인벤토리 안으로 들어갔고, 다시 사람들에게 보여주기 위해 야키소바를 볶기 시작한 전통 작업복 차림인 윤 오빠는 내 질문에 대답해 주었다.

"원래 야키소바 노점을 낼 예정이었던 생산직 사람이 갑자기 내지 못하게 되어서 임시로 내가 맡게 되었어. 사과사

탕 쪽은 내가 원래 할 예정이었고, 사탕을 만들어두기만 하면 마기 씨도 코팅을 할 수 있으니까."

마기 씨가 인벤토리 안에 넣어두었던 야키소바를 꺼내는 동안 윤 오빠가 설명해주었다.

노점에 도우미로 와서 야키소바를 만들고 있는 윤 오빠와 도와주고 있는 마기 씨.

[요리] 센스가 없는 마기 씨가 사과사탕이나 딸기사탕을 완성시킬 수 있는 이유는 치즈 퐁듀처럼 재료를 무언가에 담그는 것은 조리 과정이 아니라 먹는 과정으로 분류되기 때문이라든가 그런 골치 아픈 판정이 있는 것 같지만, 우리는 그 덕분에 사과사탕이나 딸기사탕을 먹을 수 있게 되었기에 깊게 생각하지 않기로 했다.

"──자, 야키소바 다 됐어."

윤 오빠는 이야기하면서도 야키소바를 볶는 속도를 떨어뜨리지 않고 야채, 빅 보어의 고기, 면 순서로 볶아나갔고, 마지막으로 소스를 부어서 전체적으로 스며들게끔 섞은 뒤 그릇에 담았다.

"휴우, 200인분은 힘드네."

윤 오빠는 이마에 난 땀을 닦으며 마지막 야키소바를 볶은 뒤 담은 그릇을 마기 씨에게 건넸고, 마기 씨는 그것을 인벤토리 안에 넣은 다음 얼음이 들어 있는 차가운 음료수를 꺼내 윤 오빠에게 건넸다.

"윤 군, 고생했어. 이렇게 많이 만들어두면 교대할 판매

원에게도 안심하고 넘길 수 있겠네."

"그렇죠. 클로드가 갑자기 여름 축제를 하고 싶다는 말을 꺼냈을 때는 힘들 거라고 생각했지만 어떻게든 되긴 하네요."

야키소바를 만들어두는 작업에 일단락을 지은 윤 오빠와 마기 씨는 다른 손님들을 대접하면서 이야기를 나누었다.

"나는 놀이 노점용으로 [바람의 결정조각] 같은 여러 가지 강화소재를 내놓았어. 지금은 어디에 있으려나."

"저도 [아트리엘]을 선전할 겸 재고로 쌓여 있던 포션 같은 것들을 제공했어요."

"그렇게 이용하는 방법도 있구나."

여름 축제를 개최하게 된 뒷사정을 이야기해주는 두 사람을 보고 이 일의 계기를 제공한 나는 여름 축제를 준비해주었다는 사실에 기뻐하면서 야키소바를 먹었다.

약간 맛있는 정도의 야키소바를 더욱 맛있게 느끼면서 먹고 있던 내 모습이 좀 이상하다는 것을 눈치챈 윤 오빠가 내 얼굴을 들여다보며 물었다.

"왜 그래? 야키소바가 맛이 없어?"

"아니! 아니야! 아니야! 오늘은 뤼이하고 자쿠로를 데리고 오지 않은 것 같아서!"

내가 허둥대며 대답하자, 윤 오빠는 마기 씨의 어깨 위에 있던 새끼 늑대인 리쿠르를 보고 납득했다.

"아, 뤼이는 사람들이 많은 곳을 싫어해서 금방 숨고, 자쿠로는 대인공포증 경향이 있으니까. 불러내지 않았어."

윤 오빠가 쓴웃음을 지으며 대답하자, 나는 납득하면서 만나지 못한다는 사실을 아쉽게 생각했다.

그때, 노점에서 다른 생산직 플레이어가 윤 오빠에게 말을 걸어서 교대할 시간이라는 것을 알려주었다.

"어이쿠, 슬슬 교대할 시간이구나."

"그럼 같이 돌아다닐래? 마기 씨도 같이 어때?"

내가 윤 오빠에게 묻자 윤 오빠는 잠시 생각한 다음 내 옆에 있던 루카와 다른 사람들을 힐끔 보았고, 그 다음에는 마기 씨를 보았다.

양쪽 다 문제없다고 말하며 고개를 끄덕였기에 윤 오빠는 내 제안을 받아들여주었다.

"그럼 같이 다녀볼까? 아직 시간이 남았으니 그 전까지 뮤우네 파티 사람들하고 같이 돌아다녀도 괜찮겠지."

나는 머리에 두르고 있던 머리띠를 풀면서 노점 옆으로 나온 윤 오빠에게 달려가 끌어안았다.

"앗싸! 잘 부탁해, 윤 언니!"

"정말…… 끌어안지 마, 걸어가기 불편하잖아."

그렇게 말하면서도 나를 밀어내려 하지 않는 윤 오빠.

그 뒤에서 어깨 위에 리쿠르를 올려놓고 있던 마기 씨도 나와서 여덟 명이서 노점 거리를 돌아다니기 시작했다.

나와 윤 오빠가 나란히 걸어가며 뒤쪽을 힐끔 보니 윤 오빠를 빤히 바라보고 있는 리레이와 다른 사람들의 목소리가 들렸다.

"후후후, 노점에 있을 때는 잘 보이지 않았지만 아래쪽에 입고 있는 것은…… 속바지!"

"리레이. 니 어디를 보는 거여?"

"후후후, 윤 씨도 그렇고 마기 씨도 엉덩이가 예쁘다 싶어서요."

그렇다. 윤 오빠와 마기 씨는 하얀 셔츠에 까만 속바지, 그 위에 전통 작업복을 걸치고 있어서 여름답게 심플하면서도 섹시한 분위기가 느껴졌다.

마기 씨는 셔츠와 전통 작업복 너머로도 알 수 있을 정도로 큰 가슴이 눈에 띄었고, 윤 오빠는 걸어갈 때마다 전통 작업복 옷자락 너머로 슬쩍슬쩍 보이는 예쁜 엉덩이와 흔들리는 길고 까만 머리카락이 눈에 띄었다.

매우 섹시한 두 사람의 모습을 본 히노와 토비가 두 사람을 다른 사람들에게서 최대한 가릴 수 있는 곳으로 이동했지만, 그럼에도 불구하고 완전히 가리지는 못했다.

"왠지 두 사람만 전통 작업복 차림이라 위화감이 드네. 윤 언니, 마기 씨! 저기서 유카타를 빌리자!"

"움직이기 편하니까 나는 이대로 다녀도 될 것 같은데……."

"유카타는 나도 입어보고 싶긴 하지만 나중 일정을 생각하면……."

두 사람은 그렇게 말하며 내키지 않는 기색이었지만, 나는 두 사람의 손을 꽉 잡고 놓아주지 않았다.

"그래도 안 놓칠 거야. 나는 두 사람의 귀여운 유카타 모습도 보고 싶으니까! 다들 보고 싶지?"

내가 돌아서면서 루카와 다른 사람들에게 물었다.

성실한 루카는 두 사람만 다른 모습이니 왠지 쓸쓸하다고 말했고, 쑥스러움을 많이 타는 토비는 고개를 몇 번이나 끄덕이면서 나름대로 강하게 긍정한다는 뜻을 나타냈다.

그리고 토비와 리레이, 코하쿠가 윤 오빠와 마기 씨에게 어울리는 무늬나 띠에 대해 이야기하는 것을 보자, 윤 오빠는 포기했다는 듯이 한숨을 쉬었다.

"알았어. 아니, 사실 클로드가 유카타를 떠넘겼거든. 그래서 빌릴 필요는 없어…… 뭐, 입고 싶지는 않지만."

윤 오빠는 마지막에 불만이라는 말을 중얼거렸지만 우리의 기대에 찬 시선을 보고 고개를 획 돌린 뒤 유카타 대여점의 탈의실로 성큼성큼 들어갔다.

"그럼 언니들은 옷을 좀 갈아입고 올게."

마기 씨도 그렇게 말한 다음 다른 탈의실로 들어갔고, 우리가 어떤 느낌일지 기대하면서 기다리고 있자니 탈의실 커튼이 열린 뒤 윤 오빠와 마기 씨가 모습을 드러냈다.

"나는 누비옷이나 줄무늬 유카타면 되는데."

"윤 군, 그건 남자 옷 무늬야."

불만을 늘어놓고 있는 윤 오빠의 유카타는 여러 가지 색의 패랭이꽃 무늬가 있었다. 주요 무늬인 꽃뿐만이 아니라 잎과 줄기 부분까지 표현되어 있기 때문에 제작자의 의욕이 느껴지는 그 옷은 여성의 힘찬 기세와 청초함이 느껴지는 명품이었다.

화려하지는 않지만 침착한 분위기가 윤 오빠와 잘 어울렸다.

"윤 언니, 진짜 요조숙녀야!"

"그러니까, 그런 말은 필요 없다고!"

윤 오빠는 내가 한 말을 듣고 발끈했지만, 루카와 토비 같은 사람들은 그 모습을 보고 한숨을 쉬고 있었다.

"자, 우리도 옷을 갈아입었으니 여름 축제를 계속 즐기자!"

달그락, 달그락, 나막신 소리를 울리며 한 발짝, 두 발짝 걸어가는 마기 씨의 유카타 무늬는 붉은 금붕어였다. 약동감이 있는 귀여운 금붕어가 무늬에 들어가 있는 라인을 따라 헤엄치는 것처럼 보였다. 그리고 원래는 직선인 라인이 마기 씨의 큰 가슴과 엉덩이의 굴곡으로 인해 강처럼 흐르는 것 같은 느낌이 들었다.

"후후후, 윤 씨와 마기 씨의 유카타를 만든 클로드 씨의 센스는 그야말로 신이네요!"

코를 누르며 기분 나쁜 미소를 짓고 있던 리레이의 코피를 막아주려고 뒷목을 탁탁 두들기고 있는 코하쿠.

그런 뒤 다시 여덟 명이서 여름 축제의 노점을 즐겼는데 역시 귀여운 여자애가 여덟 명이나 있으니 여러 모로 이득이었다.

"오, 귀여운 유카타 차림이니 타코야키를 하나 덤으로 주지."

"좋은 걸 보여주네. 공짜로 가져가도 돼!"

"팬이에요! 받아주세요!"

걸어가면서 점점 늘어나는 음식을 보고 쓴웃음을 지은 윤 오빠. 우리가 그것들을 먹으며 여러 노점을 돌아보면서 즐기고 있자니, 윤 오빠와 마기 씨가 메뉴를 띄우고 메시지를 받았는지 약간 아쉽다는 듯이 한숨을 쉬었다.

"시간이 됐네. 나하고 마기 씨는 일정이 있어서 가봐야 하지만, 다들 재미있게 즐기도록 해."

"그럼 갈게. 우리 가게에 또 와줘."

그렇게 말한 다음 노점 거리에서 멀어지는 듯이 걸어가기 시작한 윤 오빠와 마기 씨의 뒷모습을 보며 나는 무심결에 말을 걸었다.

"나도 갈래!"

""——뭐?""

돌아서는 두 사람을 반드시 따라가겠다고 생각하며 힘찬 눈초리로 바라보았다.

나는 윤 오빠와 마기 씨의 일정이 반드시 재미있을 것이라는 직감이 들었기 때문이다.

●

"볼 일이 있다는 곳이 성벽 위였군요."

루카가 그렇게 말하면서 성벽의 계단 위쪽에 나 있는 채

광용 창문에서 스며드는 달빛에 의존하여 유카타 차림과 나막신을 신은 상태로는 걸어가기 힘든 계단을 올라갔다.

윤 오빠와 마기 씨를 억지로 따라가겠다고 했을 때 힘들 테니 그러지 말라고 거절당한 이유를 이해할 수 있게 되었다.

이곳은 제1의 마을을 둥글게 둘러싸고 있는 성벽 위쪽으로 이어지는 계단이다.

이런 곳에는 전용 퀘스트 NPC에게 이야기를 들으러 오거나 마을을 높은 곳에서 둘러보려는 목적이 아니라면 올 일이 없기에 꽤 인기가 없는 장소다.

"그런데 윤 씨와 마기 씨는 이 계단을 올라가서 뭘 하려는 거지?"

"……그건 저도 신경 쓰이네요."

히노와 토비가 선두에서 걸어가던 윤 오빠와 마기 씨에게 묻자 마기 씨가 돌아보고 입술에 손가락을 댄 다음——.

"그건 비밀이야. 우리가 주는 서프라이즈니까."

"그건 그렇고 괜찮아? 코하쿠하고 리레이는 걸어가는 게 힘든 것 같은데."

마법직이라 스테이터스를 따지면 약간 지구력이 부족한 코하쿠와 리레이가 제일 뒤에서 약간 뒤처진 채 따라오고 있었다.

"아, 내는 괜찮어. 좀 천천히 걸어가기만 하믄 되니께."

"후후후, 저는 힘드네요. 그러니까 누가 좀 데려가 주세요!"

두 팔을 벌리고 누군가가 다가오는 것을 기다리는 리레이를 보고 코하쿠가 태클을 걸 여유도 없는지 그대로 리레이를 내버려 두고 계단을 올라갔다.

하지만──.

"태클을 걸어주지 않으면 제가 그냥 안타까운 사람이 되어버리잖아요!"

"에잇! 내한테 달라붙지 말어야! 유카타가 흐트러진당께!"

거리를 두려는 듯이 계단을 올라간 코하쿠의 허리에 리레이가 달라붙었고, 두 사람이 서로 장난을 치기 시작했다.

"응. 문제없어! 평소 때 두 사람이네."

"납득하지 말고 떼어내는 걸 도와줘야제!"

날뛰고 있는 코하쿠, 그리고 그럼에도 불구하고 떨어지지 않는 리레이의 모습을 모두 함께 훈훈하게 바라보면서 계단을 올라갔다.

유카타를 입고 오랫동안 계단을 올라왔기에 지쳤지만 성벽 위에 도착하자 밤바람이 기분 좋게 느껴졌다.

"앗! 저기가 여름 축제의 노점이 있는 곳이야! 역시 플레이어 밀도가 높네."

히노가 성벽 가장자리에서 몸을 내밀며 평소 때는 상점이 늘어서 있는 노점 거리를 손가락으로 가리켰다.

그리고 우리는 제1의 마을 야경과 바깥쪽에 있는 평원 같은 것들을 바라보고 있었는데 먼저 와 있던 사람들이 있었고 우리에게 말을 걸었다.

"흐음. 좀 늦은 건 윤의 여동생 일행을 데리고 왔기 때문인가?"

"야호~, 다들 아까 보고 또 보네!"

"클로드, 리리, 미안해. 뮤우네 파티가 오고 싶다고 해서 데리고 왔어."

윤 오빠가 클로드 씨와 리리 군에게 사과하자 클로드 씨가 흐음, 그렇게 말하며 턱에 손을 대고 윤 오빠를 본 뒤 눈을 가늘게 떴다.

"내가 준 유카타를 입었나? 역시 내 짐작은 틀리지 않았던 모양이군!"

"그 이야기는 이제 됐어."

꺼내지 않았으면 하는 화제였기에 윤 오빠가 억지로 화제를 돌리려 했지만, 지쳐서 그런지 말투에 패기가 없었다. 평소 때 자주 말하는 입버릇인 정말…… 이라고 말하며 한숨도 쉬고 있었다.

"그럼 시작하도록 할까."

"그래. 그런데 모처럼 뮤우네 파티도 있으니까 도와달라고 할까?"

비밀이라던 것을 지금 가르쳐 줄 모양이었다.

"저기, 지금 여기서 뭘 할 건데?"

"우리가 말이야, 이제 여기서 불꽃을 쏘아 올릴 거야!"

불꽃을 쏘아 올린다고? 그렇게 말하며 관 형태의 발사 장치를 찾아보았지만 성벽 위에는 그럴싸해 보이는 것이 보이지 않았다.

"이 불꽃놀이용 화약의 시험 제작품을 하늘 높게 던지고, 윤 군이 불을 붙인 화살로 쏘는 방법으로 할 생각인데. 뮤우네 파티가 도와주면 더 높게 쏘아 올릴 수 있지 않을까?"

마기 씨가 그렇게 말한 다음 꺼낸 것은 갈색 종이로 단단하게 뭉친 농구공 정도 크기의 구슬이었다.

저 안에 들어 있는 화약이 터져서 불꽃으로 변하겠지, 그렇게 생각하며 그 화약을 만들었을 것 같은 윤 오빠를 보니…….

"아쉽지만 이건 내가 만든 게 아니야. 다른 생산직 사람이 우연히 발견한 레시피를 기반으로 여러 생산직들이 급하게 만든 거지."

"그럼 불꽃놀이용 화약은 히노 양이 큰 망치로 쏘아 올리고 리레이 양의 불마법으로 점화시키는 건가요?"

일단 단단하게 뭉치긴 했지만 히노의 공격에 부서지지 않을까 걱정이 되었는데, 그 점은 문제가 없는 모양이었다.

"주위에 붙여놓은 종이는 충격 내성이 뛰어난 종이니까 잘 부서지지 않고, 잘 타거든."

그렇게 말한 리리 군의 설명에 납득하고 바로 모두 함께 쏘아 올릴 준비에 들어갔다.

"최대한 높게 올리고 싶으니까, 윤 씨, 부탁해."

"알았어. 《인챈트》── 어택!"

보다 높게 쏘아 올리기 위해 유카타 차림으로 큰 망치를 짊어진 히노는 윤 오빠의 인챈트를 받고 ATK를 끌어올렸다.

그리고 루카가 마기 씨에게서 불꽃놀이용 화약을 받아들고 히노와 타이밍을 맞춰서 하늘 높이 던졌다.

히노는 재빨리 두 손으로 큰 망치를 겨누고는 던져진 불꽃놀이용 화약을 아래쪽에서 쳐올려서 높은 하늘로 날렸다.

그 다음에는 리레이가 나설 차례인데······.

"안 되겠어요, 어두워서 놓쳤어요!"

"리레이! 아직 상승하고 있어! 지팡이를 하늘로 향하고 겨눠! 뮤우는 조명!"

"알았어, 윤 언니! ──《라이트》!"

성벽 상공에 빛의 구슬을 이용한 조명이 켜진 와중에 윤 오빠는 지팡이를 머리 위쪽으로 겨눈 리레이의 뒤쪽으로 돌아가서 지팡이를 쥐고 있던 리레이의 손에 자신의 손을 겹치고 지팡이 끝과 하늘에 있는 어두운 곳을 올려다보고 있었다.

밝아진 하늘 안에서 [매의 눈]의 원거리 식별능력을 지니고 있는 윤 오빠가 불꽃놀이용 화약의 위치를 파악하며 리레이가 공격할 방향을 미세하게 조정했다.

"약간 더 오른쪽, 여기야!"

"후후후, 손과 손을 겹친 미소녀와의 공동작업! 갑니다──《파이어 볼》!"

리레이가 최하급 화속성 마법을 사용하여 하늘 위로 화염구를 날렸다.

"뮤우, 조명을 꺼!"

"라져!"

불꽃을 아름답게 보이게 하기 위해 내가 빛의 구슬 마법을 발동시키던 것을 멈추자 하늘이 다시 어둠으로 뒤덮였다. 그리고——.

리레이의 화염구가 공중에 있던 불꽃놀이용 화약과 부딪혔고, 파앙, 그렇게 메마른 소리와 함께 내부에 있던 불꽃놀이용 화약이 터져 공중에 빛의 꽃을 피워냈다.

하지만 그 꽃은 매우 수수한 흰색 불꽃이었고, 갑작스럽게 생겨났기 때문에 대부분의 플레이어들이 미처 못 봤을 가능성이 있다.

"그럼 이쪽이 진짜배기. 간다, 윤 군!"

"네! 마기 씨."

마기 씨는 유카타 소매를 들춘 뒤 온 힘을 다해 한층 더 큰 불꽃놀이용 화약을 하늘로 투척했고, 윤 오빠가 불이 붙은 화살을 시위에 매긴 활을 겨누었다.

하지만 그때 문제가 생겼다.

"——윽?! 마기 씨, 올라가는 힘이 부족해요!"

마기 씨는 유카타를 입고 있었기 때문에 발을 헛디디고 앞으로 넘어지는 듯이 던졌는데, 그 투척에는 충분히 힘이 실리지 않아서 비거리가 부족했다.

오빠와 다른 사람들은 당황했지만 나는 히노, 코하쿠와 눈짓을 주고받은 뒤 서로 고개를 끄덕였다.

"히노, 코하쿠!"

"알았어. 한 발 더 준비할게!"

"내는 궤도를 수정하제."

나는 천천히 상승하는 것을 멈추기 시작한 불꽃놀이용 화약을 다시 상승시키기 위해서 메뉴를 조작하여 남아 있던 SP를 소비하고 그것을 [행동제한해제] 센스와 함께 장비했다.

"뮤우, 준비됐어!"

"내도 준비는 완벽해야!"

나는 히노가 겨누고 있던 큰 망치 위에 올라 타고 언제든 갈 수 있게끔 준비를 갖추었다.

"나도 준비됐어!"

"그럼, 가라아아!"

히노가 첫 번째 불꽃놀이용 화약을 쳐올렸을 때보다 힘찬 스윙으로 큰 망치를 휘둘렀고, 나는 그 기세와 나 자신의 도약을 합쳐서 공중으로 뛰어올랐다.

시야가 점점 높아졌지만 아직 앞서간 불꽃놀이용 화약을 따라잡지는 못했다. 그런 나를 받쳐준 것이 코하쿠의 마법이었다.

"닿아라──《리틀 토네이도》!"

발바닥을 밀어 올리는 듯한 소용돌이 마법의 기세를 타고 나는 불꽃놀이용 화약을 따라잡았다.

나는 이미 상승하던 기세를 잃고 낙하하는 궤도를 타고 있던 불꽃놀이용 화약을 향해 유카타 차림으로 다리를 들어 올렸다.

"한 번 더, 올라가라!"

[행동제한해제]와 새로 취득한 [발차기] 센스. 그것을 합친 오버헤드슛을 날려 위쪽으로 불꽃놀이용 화약을 차올렸다.

공중에서 자세를 되돌린 나는 낙하하면서 솟구쳐가는 불꽃놀이용 화약을 올려다보고 있었다. 그때 바로 옆을 휘익, 피리처럼 날카로운 소리가 스쳐 지나갔다.

그것은 윤 오빠가 날린 불화살에서 나는 소리였고, 그 불화살은 멋지게 불꽃놀이용 화약의 중심에 꽂혀 하늘 위에서 불꽃놀이용 화약을 폭발하게 만들었다.

이번에는 배까지 울리는 중저음이 이어졌고, 큰 꽃을 피워냈다.

이것도 하얀 단색인 단순한 불꽃이었지만 방금 전에 터진 것보다 몇 배는 더 크고 아름답게 보였다.

나는 공중에서 그 광경을 멍하게 올려다보고 있었지만 문득 정신을 차리고 보니 낙하 중이었다는 것이 생각났다.

"앗, 이런. 어떻게 하지?"

꽤 높은 곳에서 떨어지고 있으니 낙하 대미지가 꽤 크겠지, 나는 그렇게 생각하고 있었지만, 갑자기 발치에서 강한 바람이 불어왔기에 낙하하던 기세를 경감시키며 성벽 위에 착지할 수 있었다.

"뮤우! 괜찮아? 다친 데는 없어? 왜 그렇게 터무니없는 짓을 해!"

불꽃놀이용 화약에 불화살을 날리는 역할을 마친 윤 오빠

는 당황한 듯이 내게 달려와 내가 무사하다는 것을 확인했다.

그런 윤 오빠의 뒤에서는 다들 싱글거리며 우리들을 보고 있었다.

나는 왠지 창피해서 우선 윤 오빠를 진정시키기로 했다.

"괜찮아, 아무렇지도 않아! 그건 그렇고 불꽃이 진짜 대단했지! 그리고 내 옆을 스쳐 지나간 그 화살은 뭐야? 피리 같은 소리가 들리던데."

"그 화살은 효시라고 하는데, 그 소리로 신호를 서로 주고받는 화살이야. 뭐, 솔로로 플레이할 때는 거의 쓸 일이 없으니 이번에는 불꽃을 쏘아 올리는 소리를 연출하는 목적도 있긴 한데."

"그리고 왜 단색이야?! 아깝잖아! 더 여러 가지 색 불꽃을 쏘아 올리자!"

"아직 시험 제작품 단계라서 이번에는 하얀색밖에 재현하지 못했어. 연구도 충분히 진행되지 않은 상태니까."

하나하나 자세히 설명해주는 윤 오빠와 흥분한 나. 그런 우리의 모습을 다른 사람들이 훈훈하게 바라보고 있었다.

"자, 불꽃을 쏘아 올리는 것도 끝났으니 여기에서 철수해서 다시 축제에 참가하자."

마기 씨가 그렇게 말하자 다들 차례대로 계단을 내려갔다.

성벽의 창문을 통해 들리는 축제 특유의 반주 소리가 서서히 작아지자 축제가 끝나간다는 느낌이 들었다.

내가 제일 뒤쪽에서 다른 사람들의 이야기에 귀를 기울이며 성벽 아래로 펼쳐져 있는 노점 거리의 소리에 귀를 기울이자 윤 오빠가 어떤 것을 떠올린 듯이 발걸음을 멈추고 돌아보았다.

"그러고 보니, 뮤우……."

"응? 왜 그래? 윤 언니."

"너, 거실 테이블 위에 사회 프린트를 올려두었지? 그거 여름방학 숙제 아니야?"

"……아, 아아아앗!"

한순간 무슨 말인지 이해할 수가 없었지만, 잠시 후 짐작이 가서 큰소리를 질렀다.

"그렇지! 사회 프린트는 교과서를 보면 알 수 있으니까 나중에 하면 되겠다고 미뤄두었는데!"

"어제 여름방학 숙제에 대해서 이야기했는데 설마 깜빡하고 있었을 줄이야……."

히노가 쓴웃음을 지었고, 나는 윤 오빠에게 도와달라는 듯이 바라보았지만──.

"프린트는 세 장이잖아. 아직 늦지 않았으니까 열심히 해."

"으아아아앙! 윤 언니한테 버림받았어!"

"오해를 살 만한 말은 하지 마. 정말, 야식을 준비해줄 테니까 로그아웃한 다음에 시작해."

나와 윤 오빠는 그렇게 말하며 마지막이 어설퍼진 여름의 끝을 맞이했다.

모두가 살짝 쓴웃음을 지으면서 나와 윤 오빠가 로그아웃하는 것을 배웅해주었다.

　로그아웃한 나는 슌 오빠가 만들어준 야식인 주먹밥과 진하게 탄 보리차를 먹으며 남아 있던 사회 프린트를 해나갔다.
　가끔 여름방학 때 [OSO]에서 만들었던 즐거운 추억을 떠올리거나 다음에 로그인할 때는 뭘 할까, 그런 상상을 하고 미소를 지으며 겨우 여름방학 숙제를 끝낼 수 있었다.

작가 후기

처음 뵙는 분들, 오랜만에 뵙는 분들, 안녕하세요. 아로하 자초입니다.

이 책을 읽어주신 분들, 담당편집자인 O 씨, 작품에 멋진 일러스트를 마련해주신 유키상 님, 그리고 본편 작품을 봐주신 분들께 정말 감사드립니다.

이 작품은 드래곤 매거진에서 연재 중인 외전 시리즈를 책으로 만든 것입니다.

무사히 주인공의 여동생, 뮤우가 주인공인 OSO의 스핀오프 작품 2권을 발매할 수 있게 되어 안심했습니다.

뮤우 파티의 귀여움, 씩씩함 등을 즐겨주셨으면 합니다.

뮤우 파티가 다 모여서 모험을 본격적으로 시작하게 된 2권을 쓰다가 즐거웠던 것을 두 가지 정도 소개하려 합니다.

그중 한 가지는 코하쿠와 리레이가 주고받는 대화입니다.

한 세트로 묘사하는 경우가 많은 두 사람이 주고받는 대화나 코하쿠의 날카로운 태클, 리레이의 망상과 이상한 말, 행동을 신이 나서 쓰고 있습니다.

앞으로도 코하쿠와 리레이가 주고받는 대화를 더욱 재미있게 만들 수 있게끔 노력하겠습니다.

다른 하나는 새끼 동물과 MOB의 디자인입니다.

어떤 모습이면 귀엽겠다, 멋지겠다, 그렇게 상상하면서 묘사했고, 그것이 일러스트가 되었을 때 상상했던 것보다 더 귀엽거나 멋지면 마음속으로 주먹을 불끈 쥐곤 합니다.

그밖에도 집필할 때 즐거운 점은 많이 있지만, 이번에는 그중 일부만 소개해드렸습니다. 앞으로도 제가 생각하는 즐거움을 여러분께 전해드렸으면 합니다.

앞으로도 저, 아로하자초를 잘 부탁드립니다.

마지막으로 이 책을 읽어주신 독자 여러분께 다시 감사의 말씀을 드립니다.

다시 여러분을 만날 날을 기대하겠습니다.

2016년 10월 아로하자초

역자 후기

안녕하세요. 천선필입니다.

이번 온리 센스 온라인 외전 백은의 여신 2권, 재미있게 읽으셨는지 모르겠습니다.

이 시리즈의 경우 본편인 온리 센스 온라인 1권부터 10권까지, 그리고 이 외전인 백은의 여신 1권을 한신남 님께서 맡고 계셨으나 여러 가지 사정으로 인해 이미 출판되고 있는 만화, 본편 11권부터, 그리고 외전 2권부터, 이렇게 전부 다 제가 맡게 되었습니다.

다른 분께서 맡고 계시던 작품을 이어받아서 진행하는 경우가 드문 케이스는 아닙니다만, 그 과정에서 표현이 달라지는 이유 등으로 인해 독자분들이 혼란스러워하는 경우가 생기곤 하기에 번역을 함에 있어서 매우 조심스러운 것도 사실입니다.

그나마 한신남 님께서 작업하신 내용 등을 담당 편집자분께서 꼼꼼히 챙겨주신 덕분에 번역 작업에 들어가기 전, 미리 어느 정도 파악하고 준비를 할 수 있었던 것 같습니다. 제가 해야 하는 일, 그리고 가장 신경 써야 할 일은 독자 분들께서 작품을 아무런 장애물 없이 즐길 수 있게끔 글을 옮기는 작업이라 생각합니다. 그래서 독자 여러분께서 만약 이번 권도 즐겁게 읽어주셨다면 정말 기분이 좋을 것 같습니다.

왠지 갑자기 변명만 잔뜩 늘어놓은 것 같아 약간 찔리기도 하네요. 이번에는 후기를 이렇게 간단히 마치고 감사의 인사를 드린 뒤 마무리 지으려 합니다.

항상 고생이 많으신 담당 편집자분, 특히 이번에는 인수인계 과정에서 여러모로 바쁘셨을 텐데 꼼꼼히 챙겨주셔서 감사합니다. 앞으로도 폐를 끼쳐드리게 되지 않게끔 노력하도록 하겠습니다.

그리고 독자 여러분, 항상 그렇지만 제가 이렇게 번역을 마치고 후기를 쓸 수 있는 것도 독자 여러분 덕분이라 생각합니다. 진심으로 감사드립니다.

이번 권에서는 작가분께서 후기에 남기신 내용처럼 뮤우 파티가 풀 파티를 이루어 모험을 본격적으로 시작하였습니다. 앞으로도 뮤우 파티가 어떤 모험을 하게 될지 기대해보는 것도 괜찮을 것 같습니다.

감사합니다.

천선필

Only Sense Online HAKUGIN NO MUSE Vol.2 –Only Sense Onilne-
©Aloha Zachou, Yukisan 2016
First published in Japan in 2016 by KADOKAWA CORPORATION, Tokyo.
Korean translation rights arranged with KADOKAWA CORPORATION, Tokyo.

온리 센스 온라인 외전 백은의 여신 2

2018년 6월 8일 1판 1쇄 인쇄
2018년 6월 15일 1판 1쇄 발행

저   자 아로하자초
일 러 스 트 유키상
옮 긴 이 천선필
발 행 인 유재옥
본 부 장 조병권
담당편집자 김민지
편   집 권오범 강혜린 김다솜 김민지 이문영 박은정 정영길 조찬희
라이츠담당 박선희 오유진
디 지 털 최민성 박지혜
발 행 처 ㈜소미미디어
등   록 제2015-000008호
주   소 서울시 마포구 토정로222, 403호(신수동, 한국출판콘텐츠센터)
판   매 ㈜소미미디어
마 케 팅 한민지
전   화 편집부 (070)4164-3962, 3963 기획실 (02)567-3388
            판매 및 마케팅 (070)4165-6888, Fax (02)322-7665

ISBN 979-11-6190-490-0 04830
ISBN 979-11-6190-104-6 (세트)